José Maviael Monteiro

O OUTRO LADO DA ILHA

Série Vaga-Lume

editora ática

Este livro apresenta o mesmo texto das edições anteriores

O outro lado da ilha
© José Maviael Monteiro, 1986

Editor	Fernando Paixão
Assistente editorial	Marta de Mello e Souza
Preparador	Rogério Ramos
Coordenadora de revisão	Ivany Picasso Batista
Revisora	Beatriz Nunes de Sousa

ARTE
Layout de capa	Ary A. Normanha
Ilustrações de capa e miolo	Jô Fevereiro
Editor	Antônio do Amaral Rocha
Diagramação	Elaine Regina de Oliveira
Arte-final	René Etiene Ardanuy

CIP-BRASIL. CATALOGAÇÃO NA FONTE
SINDICATO NACIONAL DOS EDITORES DE LIVROS, RJ

M774o
7.ed.

Monteiro, José Maviael, 1931-1992
 O outro lado da ilha / José Maviael Monteiro ; ilustrações Jô Fevereiro. - 7.ed. - São Paulo : Ática, 2000.
 96p. : il. - (Vaga-Lume)

Contém suplemento de leitura
ISBN 978-85-08-05443-5

1. Novela infantojuvenil brasileira. I. Fevereiro, Jô. II. Título. III. Série.

10-5225.
CDD 028.5
CDU 087.5

ISBN 978 85 08 05443-5 (aluno)
2025
OP: 276972
7ª edição
26ª impressão
Impressão e acabamento: Log&Print Gráfica, Dados Variáveis e Logística S.A.

Todos os direitos reservados pela Editora Ática S.A.
Av. das Nações Unidas, 7221 – CEP 05425-092 – São Paulo, SP
Atendimento ao cliente: 4003-3061 – atendimento@aticascipione.com.br
www.coletivoleitor.com.br

IMPORTANTE: Ao comprar um livro, você remunera e reconhece o trabalho do autor e o de muitos outros profissionais envolvidos na produção editorial e na comercialização das obras: editores, revisores, diagramadores, ilustradores, gráficos, divulgadores, distribuidores, livreiros, entre outros. Ajude-nos a combater a cópia ilegal! Ela gera desemprego, prejudica a difusão da cultura e encarece os livros que você compra.

A NATUREZA CONTRA-ATACA

*Q*uem não gostaria de passar as férias acampando numa ilha deserta? É exatamente um lugar assim que foi escolhido pelo grupo de aventureiros que são os heróis deste romance. Cirilo, um estudioso das aves marinhas, sua irmã Débora e o cunhado Róbson, mais os sobrinhos, os jovens Ivan, Leda e Lia, compõem essa turma que você vai conhecer.

A intenção deles é explorar a região e curtir a natureza num local tranquilo e isolado da civilização. Mas um acidente acontece: ao tentar desbravar o outro lado da ilha, sem querer libertam a ira de uma força monstruosa que os deixa à mercê de fantásticos enigmas.

Prepare-se para entrar em contato com um extraordinário mistério e viver momentos de grande emoção. Participe da aventura de Cirilo e seu grupo, explorando você também o outro lado da ilha.

CONHECENDO JOSÉ MAVIAEL MONTEIRO

Nascido em 1931, em Aracaju (SE), José Maviael Monteiro, desde menino, gostava de ler e escrever histórias. Seus primeiros trabalhos publicados, porém, foram na área de divulgação científica. Formou-se em História Natural, em Salvador (BA), e veio a fazer um estágio no Museu Nacional do Rio de Janeiro, estabelecendo-se nessa cidade por mais de vinte anos. Foi ainda bancário e industriário. Em 1980, publicou seu primeiro livro voltado para o público jovem, **A guerra das formigas**. A partir daí, dedicou-se particularmente à literatura juvenil, com bastante sucesso de público e crítica. Faleceu em 1992.

Para Marta, minha filha. E também para uma menina e um menino muito especiais: meus leitores.

SUMÁRIO

I —	A ilha	9
II —	A descoberta da ilha	14
III —	Passagem para o outro lado	20
IV —	Medo na noite	23
V —	O "outro lado"	26
VI —	Mistério na noite	31
VII —	Sangue	33
VIII —	Noite de horror	37
IX —	Uma decisão	43
X —	E agora?	46
XI —	A bronca	52
XII —	A busca	53
XIII —	E Cirilo?	58
XIV —	A luz	61
XV —	Uma fogueira	63
XVI —	Uma vela	65
XVII —	O farol	68
XVIII —	Perigo na torre	70
XIX —	Uma ideia	75
XX —	A volta	77
XXI —	A explosão	79
XXII —	O fogo	81
XXIII —	A revelação	84
XXIV —	Manhã	89
XXV —	O último	91

I
A ILHA

A luz brilhante do farol ia ficando cada vez mais longe. Era como se o continente estivesse acenando adeus. Imenso, o mar ocupava agora todos os horizontes e o sol que nascia, desfazendo a bruma, revelava a paisagem de céu e mar. As últimas gaivotas rondaram o barco e voltaram a terra, balançando as longas asas em despedida.

Róbson no timão consultava a bússola, ajustando a rota. A seu lado, o filho Ivan; na proa, sua mulher Débora e as sobrinhas Leda e Lia. Dentro da cabine, falando ao rádio, o tio Cirilo, e junto a ele Ralfe, o cão.

Bom de navegação, conduzido com mão segura, o Vencemar enfrentou as ondas em direção ao sol, em busca da ilha da Cacaia, um rochedo vulcânico perdido no meio do oceano.

Dela, o tio Cirilo falara maravilhas. E tantas, que convencera o cunhado Róbson a vir com a família passar as férias, trazendo também as filhas de sua outra irmã Íris, que não pudera vir. Ele vinha a trabalho:

— A ilha da Cacaia é uma reserva natural, isto é, um local onde a fauna e a flora são preservadas sem interferências do homem, servindo como laboratório de estudo.

— E que você vai fazer lá? — perguntou Ivan.

— Vou fazer um estudo especial sobre as aves que fazem seus ninhos na ilha. Ela se torna então importante para a reprodução de aves marinhas, especialmente da andorinha-do-mar, que eu venho estudando ultimamente.

— Posso ajudar você, tio?

— Claro que pode. Esta ilha, aliás, é curiosa. Ela é dividida em duas partes por uma crista de rocha que forma uma verdadeira muralha. De um lado existe uma baía, uma praia, local habitável, onde vamos ficar. Porém, o outro lado da ilha é um completo mistério.

— Como mistério? — interveio Róbson.

— Ninguém conhece. Por terra, a muralha de rocha não permite passagem, por mar ela é cercada de uma série de recifes que torna impossível qualquer ancoragem.

— Não se pode escalar a montanha?

— É muito difícil. Vamos fazer uma coisa mais simples, abrindo passagem para o outro lado da ilha.

— De que jeito?

— Dinamitando.

— Vai explodir a ilha? — perguntou Róbson sorrindo.

— Quase. Por enquanto vamos apenas ligar os dois lados.

— Pra que conhecer o outro lado? — perguntou Lia. — Se não tem praia...

— É que as andorinhas-do-mar fazem seus ninhos principalmente por lá.

Por toda a manhã estiveram navegando, até que Ivan, vendo ao longe a massa escura de um penedo elevar-se do mar, gritou, como bom marinheiro de antigamente:

— Terra! Terra!

O grito foi recebido com alegria mas sem entusiasmo por Lia e Leda que, desacostumadas a longas viagens marítimas,

Ivan, vendo ao longe a massa escura de um penedo elevar-se do mar, gritou com entusiasmo: — Terra! Terra!

sentiam a cabeça tonta, um embrulho no estômago, um mal-estar generalizado. A esperança de terra firme reanimou-as.

Dentro em pouco, todos avistaram a ilha, que aparecia à distância. Um escuro amontoado de rochas, nuas e feias, batidas pelo mar revolto.

Róbson cobrou do cunhado:

— Ô Cirilo, cadê o paraíso de ilha que você prometeu? É este monte de pedras? Não dá nem para encostar.

— Calma, minha gente. Vocês verão.

Segurou ele próprio o leme e dirigiu o barco para o norte, a fim de contornar a ilha. À medida que o barco ia dando a volta, o aspecto modificava-se. As altas escarpas cediam lugar a uma comprida ponta rochosa que diminuía de altura deixando ver uma baía interior, uma praia, coqueiros, uma mata, e a decepção transformou-se em vibrante entusiasmo quando o Vencemar aproou diretamente para a terra:

— Olhe aquela praia, que linda!
— E aquela torre ali, que é, tio?
— Uma velha construção abandonada.
— Que água clara, avista-se o fundo do mar!
— Quanto peixe, tia!
— Olhe lá uma gaivota...
— Não, aquilo é um albatroz.
— E aquela, tio?
— Uma andorinha-do-mar.
— E o outro lado, onde é?
— Daquele espigão para lá.

Lentamente, o Vencemar foi conduzido a um pequeno e precário cais de madeira onde ancorou. Ivan foi o primeiro a saltar em terra. Depois Lia, Leda, Débora, Róbson e Cirilo. Ralfe recusou-se a sair, mas depois também pulou fora, abanando a cauda alegremente.

Descarregar o barco, levando aquela imensidão de coisas, foi trabalho chato e cansativo, em que todos colaboraram, inclusive na arrumação da casa, distante uma centena de metros.

Era uma casa grande de paredes de taipa em bom estado, apesar de demonstrar claramente, pela sujeira, pelo cheiro de abandono, pelas teias de aranha que ornavam todos os cantos, pelos bichos que habitavam os lugares escuros, que há muito tempo ninguém ali estivera. Débora fez um ar de desconsolo vendo tudo aquilo, mas Cirilo logo abriu as janelas deixando entrar o ar, a luz, a brisa marinha, e a casa começou a ganhar vida.

Leda reclamou:

— Não tem geladeira?

Cirilo soltou uma gargalhada:

— Nós vamos viver uma vida natural, Leda. Para que geladeira, televisão, carro? A gente pode muito bem passar sem eles.

— Mas é chato.

— Você vai ver que não. Em todo caso, tem a geladeira pequenina do barco; não precisaremos dela, porém.

— E luz elétrica, tem?

— Claro que não. Vocês estão viciados em confortos da civilização. Agora é tempo de aventura.

À noite, reunidos na varanda, contemplando um céu surpreendentemente cheio de estrelas, puderam enfim descansar e trocar idéias sobre a ilha da Cacaia.

Róbson foi quem perguntou:

— Como você descobriu isto aqui, Cirilo?

— Quem me trouxe a primeira vez, há mais de dez anos, foi um naturalista francês, Jean Clautel, que fazia estudos para o Instituto Biológico. Aliás, um cara gozadíssimo. Alto, forte, um vozeirão de ensurdecer qualquer um e uma gargalhada de se ouvir lá no continente, ou na África. Nunca mais soube dele.

— Voltou para a França?

— Quem sabe? Ele era uma mistura de cientista, boêmio e artista. Quando resolvia fazer uma pesquisa biológica, metia-se no meio do mato e passava dois, três meses, um ano, sem o mínimo conforto e sem dar notícias. Quando aparecia, ninguém mais se lembrava dele. Pensava-se até que tinha morrido.

— Ele não tinha família? — perguntou Débora.

— Que mulher ia aguentá-lo? Agora mesmo deve andar pela Cochinchina, Japão, Austrália, sei lá. Se não estiver na Antártida.

— E que vocês vieram fazer aqui?

— Naquela época estudávamos a migração das tartarugas--verdes que vêm pôr ovos aqui nesta praia.

— E terminaram os estudos?
— De uma certa maneira. Eu voltei, ele continuou aqui. Depois desapareceu.

Mas o interesse de Ivan era outro:
— E o outro lado da ilha, tio, quando vamos abrir a passagem?
— Calma, Ivan. Acabamos de chegar. Primeiramente, quero dar um passeio para mostrar a ilha a vocês. Tem muita coisa interessante. Ao mesmo tempo, vamos tentar descobrir um caminho para o outro lado antes de usar o explosivo.
— E agora, é hora de dormir —, convidou Débora, encerrando o assunto.

II
A DESCOBERTA DA ILHA

Pode-se culpar o grito rouco das gaivotas, o embate das ondas nos rochedos, a claridade imensa do sol ao amanhecer, ou simplesmente a impaciência da juventude, mas o fato é que, antes de os adultos abrirem os olhos, a meninada já perambulava pela casa.

Lia e Ivan calados e meio sem graça estavam debruçados no balaústre da varanda, sentindo a brisa fresca que soprava do mar, olhos fixos ao longe, no imenso mundo verde e líquido que se via além da baía. O "sem graça" dito acima justifica-se porque, apesar de primos, viviam em cidades diferentes e praticamente não se conheciam. Ivan tinha 15, Lia 14 anos e haviam estado juntos apenas uma vez, ainda bem pequenos. Quando Cirilo convidou Róbson e família para aquelas férias na ilha da Cacaia, o menino vibrou de entusiasmo. No entanto, achou uma chatura que se levasse também as duas primas quase desconhecidas.

Logo depois apareceram Cirilo, Débora e Róbson, que também tinham acordado. Tomar café correndo, engolir o pão, deixar para trás os últimos confortos da civilização e mergulhar na natureza, tudo aconteceu num instante.

Róbson e Débora preferiram não acompanhar o grupo de exploradores, que ficou sob o comando de Cirilo.

— Vamos primeiro conhecer a praia até a mata lá do outro lado. Depois resolvemos a direção a seguir. Enquanto isto, como verdadeiros exploradores, vamos pondo nomes nos acidentes geográficos. Esta praia, como devemos chamá-la?

— E não tem nome? — perguntou Ivan.

— Se tem, não sei, nem ninguém daqui. Então, vamos batizá-la. Quem sugere um nome?

Todos ficaram calados pensando: praia da luz, praia bonita, praia bela, praia...

— Aaaaaai!!!

O grito de Leda podia ser ouvido no continente. A menina deu um pulo e abriu um violento choro, enquanto sacudia o pezinho, do qual pendia um caranguejo firmemente agarrado pela pinça.

Cirilo veio em socorro, segurou o bicho e puxou-o com força. Ele soltou, deixando as marcas em forma de pequeninos cortes, de onde aflorou sangue.

Leda continuava chorando e foi a custo que Cirilo conseguiu consolá-la.

— Quero ir embora, quero ir embora, não fico mais aqui.

Tiveram que regressar e pôr remédio no ferimento.

Enfim, foi este acidente que batizou a praia:

— Praia dos Caranguejos, tio — sugeriu Lia.

— Ótimo —, respondeu tio Cirilo.

A partir deste instante, o acidente geográfico passou a chamar-se assim. Aliás, um nome bem lembrado porque en-

O choro de Leda atraiu a atenção dos outros, que vieram acudi-la às pressas. Do seu pezinho, pendia um caranguejo.

quanto andavam estes animais iam aparecendo e desaparecendo dentro de suas tocas. E eram milhares, senhores absolutos dali. Mas eram dos pequenos, dois, três centímetros no máximo, uma grande pinça levantada e uma espantosa rapidez na corrida.

— E aquelas cabras, tio? — perguntou Lia, apontando para algumas cabras que pastavam a grama rala por baixo dos coqueiros.

— Elas vivem aqui em estado selvagem. Não sei quem trouxe, mas existem muitas na ilha. Elas até costumam dormir num antigo curral atrás da casa.

A praia terminava num resto de mata que morria próximo a um espigão de pedras quase nuas de vegetação, formando uma ponta rochosa para a direita, em direção ao mar. Esta ponta sul compunha com outra, ao norte, uma larga abertura — a baía por onde tinham chegado de barco, ao fundo da qual ficava a praia dos Caranguejos. E o tio Cirilo lembrou:

— Quem vai batizar agora a baía? E esta ponta de rochas que vamos percorrer, e a outra do outro lado, e aquele grande morro central? Vamos garotada, botem a cuca para funcionar. Somos verdadeiros exploradores.

Enquanto pensavam, uma gaivota veio de longe, sobrevoou as águas, desceu de repente, mergulhou, voltou à tona com um peixe no bico, batendo asas, galgando os ares para longe.

— Praia das Gaivotas — gritou Lia.
— Não é praia, menina, é baía — emendou Ivan.
— Então, baía das Gaivotas.

Outra vez a caminho. Agora percorriam a ponta rochosa que entrava mar a dentro. Do lado oceânico, as ondas vinham quebrar-se com violência, desfazendo-se em alvos flocos de espuma. Ivan gritou:

— Cabo das Tormentas.

Lia discordou:

— Tormentas por quê?
— Têm muitas ondas atormentando a vida do cabo.

Cirilo concordou, rindo:

— Bem explicado. Cabo das Tormentas, então.

Na extremidade do cabo estava a torre que tinham visto do mar. Era uma construção antiga de três pavimentos, bem castigada pelo tempo e falta de conservação. Ivan correu para

ela. Entrou pela grande arcada que se abria no térreo, voltou correndo:
— Tio, venha cá, tem um mapa na parede! O que será? O mapa do tesouro?
— Que mapa, Ivan?
— Um mapa desenhado aqui na parede.

Cirilo, acompanhado das meninas, entrou na torre e seguiu Ivan, que já galgara os degraus para o primeiro andar. Ralfe veio correndo atrás.

— Olhe ali — mostrou Ivan.

Desenhado numa das paredes, estava um mapa da ilha com indicações em francês. Era um desenho antigo e já bem desgastado pelo vento e chuva que penetravam pelas janelas.

Cirilo ficou um tempão olhando o mapa, tentando decifrar algumas palavras semilegíveis: *tortues, crabes géants, caverne, souterraine*... pouca coisa mais.

— Olhe aqui, tio Cirilo, o tesouro dos piratas — gritou Ivan apontando o dedo para a palavra *tortues*.

Cirilo riu.

— Isto não é tesouro. Está escrito em francês. Quer dizer tartarugas.

— Então é aqui! Descobri! — vangloriou-se Lia, enquanto apontava para outra palavra.

Mas o tio Cirilo pôs, outra vez, água na fervura:

— Também não é aí. *Souterraine* quer dizer subterrâneo.

— Oba! Subterrâneo? Então é aí que está o tesouro. Os piratas o esconderam num subterrâneo.

— Peraí, quem falou em pirata?

— E quem fez este mapa? — respondeu o menino com outra pergunta.

— Ora, Ivan, foi o francês do qual eu falei. Só pode ter sido ele — retrucou Cirilo, ainda perturbado com a descoberta.

Ivan estava com os olhos grudados no mapa, estudando cada detalhe, tentando descobrir cada traço já semiapagado.

— E que quer dizer isto aqui, tio?
— *Crabes géants*, caranguejos gigantes.
— Caranguejos gigantes, tio?

Cirilo sorriu:

— Não se espante, Ivan. É o nome popular que se dá a uma raça de caranguejos maiores do que os comuns.

— Do tipo que mordeu a Leda?
— Não. É outra espécie. Eles são realmente grandes, a carapaça tem quase 20 centímetros. São comuns nas ilhas da Trindade, de Fernando de Noronha.
— Quer dizer que aqui também tem deles?
— Certo. O curioso apenas é que pelo mapa eles estão localizados no outro lado da ilha. Será que Clautel conseguiu ir até lá? Ele seria bem capaz disto. Pena que tenha feito o mapa neste lugar exposto ao tempo, o que o torna quase ilegível.
— E por que fez aqui?
— Quem sabe? Eu disse que ele era meio aloucado.

Existia mais uma escada de pedra que levava ao segundo andar da torre. Subiram por ela e, diante das pequenas janelas rasgadas nas paredes de pedra, contemplam o oceano imenso que se perdia no horizonte longínquo.

— Ivan, Lia, vamos descer.

A voz vinha lá de baixo, era do tio Cirilo.

Só então os dois meninos se deram conta de que Cirilo, Leda e Ralfe já haviam descido e eles dois ficado sozinhos ali em cima, calados, mas sentindo um a presença do outro. Ivan olhou para Lia e fez um gesto de desconsolo. Ela sorriu:

— Vamos descer.

Torre do Pirata foi o nome escolhido por Ivan e todos aceitaram.

A excursão prosseguiu e a outra ponta de terra que junto com o cabo das Tormentas formava a baía das Gaivotas passou a denominar-se ponta da Baleia, devido à enorme pedra redonda que a formava, parecendo uma grande baleia. Cirilo teve o direito de chamar o ponto culminante da ilha, aquele amontoado de rochas que sobressaía do espigão central, de Pedra Grande, convenhamos que sem nenhuma criatividade.

III
PASSAGEM PARA O OUTRO LADO

— Vamos pescar tatuí? — convidou Lia.
— Que é tatuí? — perguntou Ivan.
— É um bichinho da praia. A gente mete a mão dentro da areia, se fizer cosquinha é tatuí.

Ivan sorriu.

— E se não fizer cosquinha?
— Não é tatuí.

Meteram as mãos na areia da praia, buscaram os pequeninos crustáceos que vivem enterrados. Não fizeram cosquinha. Não havia tatuís naquela praia. Mas a mão de Ivan, por baixo da areia, encontrou a de Lia. Fez cosquinha. Ela puxou com rapidez.

Já com alguns dias de ilha, a vida começava a entrar numa rotina: de manhã ir à praia, depois longos passeios junto com Cirilo, procurar novos sinais na torre do Pirata, explorar a ponta da Baleia ou subir até o espigão central.

O convívio tinha feito Lia e Ivan bons amigos e agora só iam à praia juntos, procurando tatuís que não existiam, buscando e colecionando conchinhas que se encontravam aos milhares.

Cirilo sempre estava ali por perto, ensinava-lhes os segredos da vida dos animais marinhos enquanto prosseguia nos seus estudos. Róbson, Débora e Leda iam à praia, passeavam, divertiam-se.

Certo dia, Cirilo anunciou:
— Vamos ter realmente que abrir uma passagem para o outro lado da ilha a dinamite. Estes dias todos andei percorrendo todo o espigão central e não encontrei nada praticável.
— Só escalando o morro — disse Róbson.
— Só escaladores profissionais. A ilha é dividida por uma verdadeira muralha de pedra. O jeito é abrir uma brecha. Já descobri onde. Amanhã vamos lá. Quem são os voluntários?
— Eu.
— Eu.
Róbson e Ivan ofereceram-se imediatamente.

No outro dia pela manhã, carregados de ferramentas, subiram o espigão, examinaram o local, fizeram buracos nas pedras para colocar os explosivos, ligaram com fios o detonador. Ivan desceu à praia para avisar que ninguém se aproximasse.

Vinte minutos depois, bem protegidos atrás de enormes pedras distantes do local onde ia ser aberta a passagem, Róbson e Cirilo acionaram o detonador fechando o circuito elétrico.

Uma grande explosão abalou a ilha. Pedaços de rocha de todos os tamanhos voaram a grande distância e uma nuvem de poeira elevou-se do solo.

Cabras correram por todos os cantos, desnorteadas, enquanto aves marinhas elevaram-se aos ares em revoada. Ralfe latiu espantado.

Estava aberta a porta para o outro lado da ilha.

Róbson e Cirilo foram recebidos com palmas e perguntas:
— Conseguiram abrir a passagem?
— Que é que tem do outro lado?
— Podemos ir lá à tarde?
— Nada disto. Explodimos a pedra, mas ainda falta retirar os entulhos para que possamos deixar a passagem aberta. Quem quiser ajudar, hoje à tarde tem função.

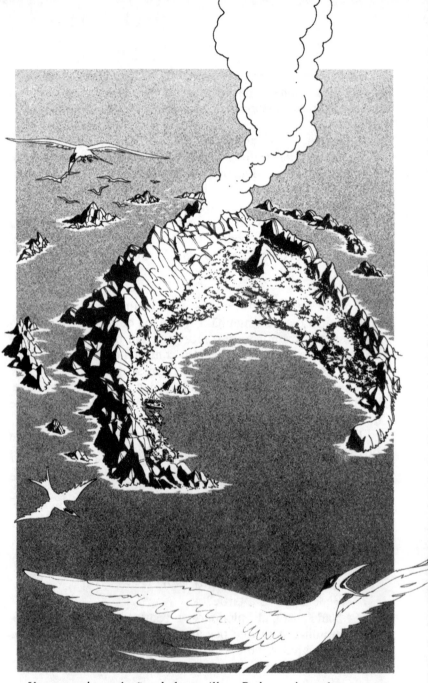

Uma grande explosão abalou a ilha. Pedaços de rocha voaram a grande distância e uma nuvem de poeira elevou-se do solo.

IV
MEDO NA NOITE

O resto do dia foi tomado no cansativo trabalho de remover os entulhos deixados pela explosão. Ao fim da tarde, já se podia assegurar que existia uma abertura que levava ao outro lado mas, apesar da curiosidade dos meninos, não se fez a exploração, pois a noite vinha chegando e ela não é boa companheira para o desconhecido.

Após o jantar, reunidos na varanda, gozando o frescor da brisa que vinha do mar, o grupo crivou o pobre do tio Cirilo de perguntas, como se ele já tivesse ido ao outro lado e conhecesse todos os segredos. A conversa avançava noite adentro, quando o chato do relógio lembrou que era hora de dormir. E todos foram a contragosto.

Era noite de lua cheia. Enorme, no céu, o satélite clareava a ilha, espelhava-se na água da baía das Gaivotas e tingia de prata os cabelos louros de Lia, como Ivan notou. A ilha caiu em silêncio, adormecida.

Lá longe, o mar batia com força na ponta da Baleia, tudo mais era quietude. De repente, madrugada alta...

— Aaaaaai!!! Mãããããiêêêêê!!! Socooooorro!!! Mãiê, me acuda, mãezinha!

Um grito, imenso e angustiado, rasgou a noite.

— Mãiêêêêê, paiêêêêê, olhe ele ali! Papaiêêêêê!

Róbson e Débora pularam da cama, correram ao quarto onde dormiam as meninas, encontraram Leda tremendo e suando frio, encolhida embaixo das cobertas. Na outra cama, Lia, também embaixo das cobertas, encolhia-se com medo e susto.

Leda pendurou-se ao pescoço de Róbson, quase sem poder falar:

— Quero meu pai, quero meu pai...
— O que foi, Leda, o que foi?
— Quero meu pai, quero meu pai...
— Ele não está aqui, minha filha. O que foi, diga, eu estou aqui.

— Ali, ali... — e apontava para a janela, mas sem olhar na direção, como se tivesse medo de ver alguma coisa — ali, ali...

Róbson e Débora olharam para a janela onde a lua, apesar de não muito clara, ainda iluminava um pedaço de chão até a cerca dos fundos, lugar das cabras. Tudo na mais perfeita tranquilidade. Mas a menina continuava apontando, apavorada:

— Ali na janela, tio, ali... Ali...

— O quê, filha? Não tem nada ali...

— Tem sim, tem — e apontava de olhos fechados, com medo de olhar.

— Não tem, Leda, pode olhar... Foi um sonho, minha filha, um pesadelo... O tio, a tia estão aqui...

A menina continuava encolhida, tomada pelo pavor.

— Abra os olhos, Leda, pode abrir.

A menina abriu receosa. Tornou a fechá-los de imediato.

— Olhe ali... Aaaaaai!!! Ali, tio, ali!

Todos se voltaram imediatamente e viram dois vultos na janela. Eram Cirilo e Ivan, que dormiam no quarto dos fundos e, sem acesso pelo interior da casa, apareceram na janela pelo lado de fora. Róbson tentou consolar, quase sorrindo:

— Ora, Leda, não é nada. São apenas o tio Cirilo e Ivan.

A menina conservou-se encolhida nos braços do tio. Débora encaminhou-se para abrir a janela. Quando Leda ouviu o ruído da fechadura se abrindo, gritou apavorada:

— Não, não abra, ele pode entrar...

— Quem pode entrar?

— O caranguejo, tia, o caranguejo grandão... Ah, tio, estou com medo, estou com medo do caranguejo gigante...

Róbson passou a mão nos cabelos da menina e abraçou-a com ternura:

— Ora, Leda, você estava sonhando, não tem caranguejo algum, foi um pesadelo.

— Não foi, tio... Eu não estava dormindo... Eu vi, eu vi naquela janela, grandão... Gigante... eu vi...

Débora foi até a menina:

— Olhe lá, Leda. Não tem mais nada. Venha cá, minha filha, pode olhar para a janela, o tio Cirilo e Ivan estão lá, não tem nada. Você estava sonhando.

A menina abriu os olhos, viu as figuras de Cirilo e Ivan recortadas contra o luar, acalmou-se um pouco, mas insistiu:

— Não foi sonho... Eu vi... Vi o caranguejo enorme ali na janela querendo entrar... Aquela bocona batendo na janela... Acordei com o barulho dele batendo no vidro... Não foi sonho...

— Mas não tem mais nada, venha cá — disse Débora pegando-a nos braços —, vamos até a janela ver que não tem nada.

Sentindo-se mais segura, Leda arriscou um olho para fora. Depois, ainda nos braços de Débora, esticou-se para olhar em todas as direções. Cirilo e Ivan estavam ali do lado de fora, sem correrem perigo. O luar espalhava-se por todo canto, enchendo tudo de uma luz azulada e repousante.

Aos poucos, a menina foi se acalmando. Tomou um copo de água com açúcar e o resto da noite foi levada para dormir com os tios.

Já eram mais de quatro horas da manhã. Dentro de algum tempo, o dia clarearia. Róbson, Cirilo e Ivan tinham perdido o sono.

V
O "OUTRO LADO"

Manhã cedo, Ivan e Lia estavam conversando sentados num velho tronco de árvore caído no chão. Quando o menino viu Cirilo aproximar-se, vindo da casa, disse baixinho:
— Acabou nosso conforto.
Ela sorriu. Fez covinhas no rosto.
— Por quê?
— Ora, Lia, a gente não consegue ficar só um instante. Esta ilha parece ter mais gente que no Japão...
— Deixe pra lá...
— Um dia desses, a gente vai passear na torre do Pirata.
— Já fomos tantas vezes...
— Só nós dois.
— Vai me sequestrar?
— Vou e nunca mais vou devolvê-la.
Lia sorriu encabulada.
Leda, que vinha junto com Cirilo, soltou-se da mão do tio e veio correndo abraçar a irmã. Ivan brincou:
— Oh, sua medrosa! Não deixou ninguém dormir.
— Eu vi o caranguejo — respondeu a menina.
— Você estava sonhando, sua medrosa.
— Não estava, não estava — Leda começou a chorar.
Lia veio em defesa da irmã.
— Deixe ela, chato! Leda se assustou, não foi?
Cirilo interrompeu:
— Vamos, rapaz. Não quer conhecer o outro lado da ilha?
— Claro que quero — disse o menino, levantando-se. — Tchau Lia, tchau medrosa...
Róbson já esperava por eles e os três seguiram em direção ao espigão central, onde tinha sido aberta a rocha no dia anterior. Era um caminho difícil, solo rochoso, entremeado de vegetação mirrada e rara. Caminho íngreme, mas não para as cabras, que, acostumadas àquele ambiente, galgavam com facilidade e desenvoltura. E elas estavam espalhadas por toda parte.

Ivan olhou para trás e viu Lia na praia, lá embaixo, brincando com Leda. Daquela posição, tinha uma visão magnífica da baía das Gaivotas, abraçada ao sul pelo cabo das Tormentas e ao norte pela ponta da Baleia.

Dali viu também a torre do Pirata e, em volta de toda a ilha, a imensidão verde e insondável do mar. Longe, bem longe, Ivan teve a impressão de ver uma vela de barco, que logo depois desapareceu, ou teria sido apenas ilusão? Tornou a fixar os olhos em Lia, acompanhando seus movimentos, sua corrida para dentro da água... Foi quando notou um barulho de água caindo, cachoeira, ou... Não, pareciam mais ondas batendo nas pedras, mas estava tão longe do mar que por certo não se conseguiria ouvir com tanta nitidez.

Apurou mais o ouvido. Era confuso o barulho, mas podia ser perfeitamente perceptível. Era o vento que naturalmente trazia até aquela altura o som das águas quebrando nos rochedos. Não. Era um ruído diferente, mais monótono, de água encachoeirada, batendo em pedras continuamente, diferente daquelas ondas que rebentavam com estrondo nos rochedos.

Olhou para trás e tomou um susto quando notou seu pai e Cirilo a pequena distância, os olhos cravados nele, ambos calados.

— O que foi, pai?
— Não está ouvindo?
— O quê?
— Não está ouvindo nada de anormal?
— Não, só o barulho do mar...
— É do mar mesmo, Ivan?
— E não é?
— Não sei — a dúvida era de Cirilo —, note que este barulho está saindo daqui, de onde estamos. Por baixo da gente. E é barulho de água aí embaixo.
— A montanha é oca, tio?
— Não digo que seja, mas pelo menos até aqui deve ter alguma comunicação com o mar. Que acha, Róbson?
— Claro. Este barulho é de água aqui dentro e não do mar. Vamos adiante, tentando acompanhá-lo, para descobrir até aonde vai.
— Mas o mar fica lá embaixo, pai. Se tiver uma caverna aí, ela é muito grande.

— E daí? Pode não ser uma caverna, pode até ser uma simples fenda na pedra, mas existe alguma comunicação com o mar.

— Vamos adiante — convidou Cirilo.

E foram. À medida que subiam, o ruído tornava-se mais fraco até desaparecer por completo. Mas, ao se aproximarem do lugar onde tinha sido aberta a passagem para o outro lado, ele se fez ouvir cada vez mais forte até ficar bem nítido, como se a camada de pedra que os separasse da possível caverna fosse bem fina.

Cirilo estava entusiasmado. A caverna referida por Jean Clautel estava ali. Não tinha mais dúvida. E como não ouvira aquele ruído antes, das vezes que viera em busca de uma passagem para o outro lado? Próximo ao local da explosão, era possível ouvir-se perfeitamente o ruído da água batendo nas paredes de pedra.

— Estranho, Róbson, que a gente não tenha percebido este ruído antes.

— Será que ele existia antes? — perguntou Róbson.

— Claro. Cavernas não se formam de um dia para outro. É que estávamos tão preocupados com a passagem que não percebemos.

— Epa! Que é isso? — perguntou Ivan, afastando-se para um lado, enquanto três cabras vinham em desabalada carreira, investindo em sua direção. Passaram e continuaram a fuga descendo as escarpas íngremes.

— Parece que estão com medo de alguma coisa — observou Cirilo.

— É verdade — concordou Róbson. — Mas de quê?

— Veremos. Vamos com cuidado. A princípio, em uma ilha oceânica como esta, não existe nenhum animal de grande porte que seja perigoso, a não ser que o tenham trazido propositalmente. Vamos lá, Róbson e Ivan.

Seguiram em frente na direção da passagem aberta. Atravessaram o desfiladeiro de pedra, pulando sobre os restos da explosão que não haviam sido removidos de todo. O suficiente para chegarem do outro lado e fazerem um reconhecimento do terreno.

O famoso "lado oculto", como Ivan o chamava, foi, no mínimo, decepcionante. Nada mais que o mesmo solo basáltico, restos das erupções vulcânicas, desgastados pela erosão do vento e da chuva. Uma grama rala, musgos e liquens cobriam as pedras. Nada mais. A diferença é que existia um patamar naquela altura, sem a descida suave para o mar como no lado habitável.

No caminho, Cirilo ia descobrindo coisas estranhas:
— Olha isto aqui, Róbson.
— Parecem restos de uma ave.
— E são. É a terceira carcaça que encontro. Estou notando também que muitas aves marinhas, principalmente as andorinhas-do-mar, fazem ninhos aqui. Não é época de porem ovos, mas os ninhos antigos estão todos destruídos e... olhem ali...

Cirilo foi a um canto entre duas pedras e abaixou-se para examinar um grande número de carcaças de aves. Algumas eram relativamente recentes. Ivan reclamou:
— Está fedendo, tio.
— Pois saia daí. A gente tem que estudar tudo.

Tapou o nariz com o lenço e examinou demoradamente as aves mortas.
— Que bicho estará atacando as aves, Cirilo? — perguntou Róbson.
— Não sei... — disse ele pensativo, quase num sussurro.
— Seria alguma raposa?
— Pode ser, ou outro carnívoro que tenham trazido para cá.
— Talvez sejam perigosos para nós. Tudo indica que eles habitam este lado, e agora que abrimos a passagem é provável que se espalhem por todos os cantos.
— Não acredito que haja perigo maior, Róbson. Não devem ser animais de grande porte. Podemos fazer um portão de madeira. Entretanto, já houve tempo de alcançarem toda a ilha.

Até o meio da tarde examinaram o outro lado da ilha, que terminava abruptamente sobre o mar, num rochedo onde as ondas batiam com força, aprisionadas entre a parede de pedra e os recifes logo adiante.

De raposas ou qualquer outro bicho, nem sinal.

Ficaram impressionados com o grande número de carcaças. Que bicho estaria atacando as aves?

VI
MISTÉRIO NA NOITE

Naquela noite, todos dormiram mais cedo que de costume. Pela tardinha, o sol começou a cobrir-se de nuvens e um vento sudoeste trouxe — junto com o cheiro do mar — um pouco de frio, que convidava à cama.

A lua, apesar de cheia, só conseguia clarear a ilha através dos rasgões das nuvens que vieram do mar e iam enchendo o céu, até o limite do horizonte.

Ao se deitar, Ivan olhou o céu apreensivo, pois se chovesse no dia seguinte ficariam complicadas novas investigações no lado oculto. Logo agora, que Lia também queria ir!

Estendido na cama, Ivan olhava uma réstia de lua através do vidro da janela, pensando na menina, que a princípio lhe parecera um estorvo nos passeios e agora não saía de seu pensamento. Começou a relembrar desde os primeiros dias, a quase indiferença com a prima, as primeiras conversas a sós, os primeiros risos por coisa nenhuma, as pequenas descobertas de qualquer coisa da ilha, a falta que ela fazia quando não estava por perto. Bem que seria ótimo se ela os acompanhasse amanhã ao lado oculto. E se houvesse algo perigoso lá? Se, de repente, saísse de trás de uma pedra daquelas um animal desconhecido? Um bicho pré-histórico... ou até mesmo aquelas cabras transformadas em monstros que viessem em tropel para cima deles...

Um balido angustiado de cabra, um tropel no quintal, pancadas na cerca dos fundos, latidos ferozes de Ralfe.

Ivan acordou assustado, sem perceber o limite entre o sonho e a realidade. No mesmo quarto, Cirilo despertou sentindo que algo de anormal acontecia. Lá fora, o pandemônio. Cabras berrando, batidas nas vigas do curral, o berro constante, cada vez mais longe e fraco de uma cabra, que parecia estar fugindo de algo terrível.

Os latidos ferozes de Ralfe transformaram-se em angustiosos ganidos de medo, e ele veio arranhar desesperadamente a porta em busca de proteção.

Róbson pulou da cama, correu para a porta, abriu-a com cuidado, enquanto Débora acendia o lampião para clarear a varanda. Mal a porta foi aberta, Ralfe entrou correndo e ganindo, escondendo-se num canto atrás do sofá.

No quarto dos fundos, inteiramente desperto, Cirilo abriu uma fresta da porta para ver o que estava acontecendo. Atrás dele Ivan, muito espantado. Encoberta pelas nuvens, a lua escondida de todo e as sombras no quintal não deixavam enxergar nada. Leda deu um grito e correu para fora do quarto, seguida por Lia, acordada de repente.

Agora, tudo era silêncio lá fora. Cirilo aventurou-se para fora do quarto e com uma lanterna de mão varreu todo o quintal. Logo depois, Róbson chegou fazendo o mesmo, porém nada de anormal aconteceu, senão o fato das cabras não estarem no curral onde sempre dormiam. Uma ou outra apareceu caminhando por ali. Tudo o mais era quietude.

Róbson e Cirilo interrogaram-se mudamente. Nenhum dos dois sabia de nada. Róbson contou:

— Deve ter sido algo muito estranho. Ouviu os latidos de Ralfe? O medo dele? O bicho entrou aqui em casa como uma bala. Foi só eu abrir a porta. Está lá dentro escondido, mas com cada olho deste tamanho, fitos na porta. O que você acha, Cirilo?

— Não sei, nem é hora de a gente achar nada. Temos que procurar.

— Não agora, com esta escuridão. Vamos deixar para amanhã cedo.

Cirilo estava impaciente. De lanterna em punho, avançou até o meio do quintal. Róbson voltou para casa e saiu com uma espingarda nas mãos, única arma que tinham trazido, para prevenirem-se de qualquer coisa. Cirilo retornava sem ter visto nada. Algumas grossas gotas de chuva começaram a cair e os dois homens abrigaram-se na varanda, vasculhando todos os cantos com a luz da lanterna, mas, a não ser uma ou outra cabra que andava por ali, o resto era quietude total. A lua escondera-se completamente atrás das grossas nuvens.

O relógio bateu três horas da manhã.

Logo depois desabou uma pancada de chuva. O jeito foi aproveitar o resto da noite, dormindo um pouco. Leda e Lia, sossegadas, acabaram dormindo e tudo voltou ao silêncio, quebrado apenas pelo barulho gostoso da água no telhado.

VII
SANGUE

O dia amanheceu nublado. A chuva pesada da noite melhorara ao amanhecer, mas densas e escuras nuvens ainda toldavam o céu, prometendo um dia tempestuoso.

Róbson, Cirilo e Ivan, impacientes para esclarecerem o mistério da noite anterior, saíram para buscar indícios do que assustara tanto as cabras e Ralfe. Este, mesmo ressabiado, resolveu acompanhar os donos, farejando o chão e o ar.

Em volta da casa, no quintal, a forte chuva apagara qualquer rastro que o misterioso animal pudesse ter deixado. Rastro ou qualquer outra pista. No curral das cabras, poucos animais permaneciam. Cirilo ia à frente, olhando tudo com cuidado, quando descobriu na madeira da cerca manchas vermelhas que a chuva não desmanchara. Aproximou-se e notou que era sangue. Examinou melhor e descobriu que junto ao sangue existiam tufos de pelo de cabra:

— Róbson, Ivan, olhem isto aqui.

Eles foram. Não havia dúvida, era sangue de alguma cabra. Correram a um palheiro que servia de abrigo aos animais, onde a chuva por certo não apagara os rastros. Realmente eles estavam lá, mas a confusão de pegadas na terra molhada era tanta que se tornava impossível identificar algo. Ivan, impressionado, indagou:

— O que pode ter sido, tio Cirilo?

O homem traçou uma interrogação no ar.

— Mistério, Ivan. Mistério — repetiu ele pensativo. E continuou: — deve ter alguma ligação com o que vimos ontem pela manhã.

— As carcaças das aves no outro lado?

— Sim.

— É lógico! — intrometeu-se Róbson. — Isto aqui é arte das raposas que andaram comendo as aves marinhas.

— Tem certeza de que são raposas? — perguntou Cirilo.

— Sei lá. Foi o que se pensou ontem.

— É, Róbson, mas hoje mudei completamente de opinião. Raposa ou outro carnívoro pequeno não assustaria ou atacaria as cabras como este fez. Pergunte ao Ralfe e ele vai dizer que não eram raposas.

Ivan sorriu:

— Ralfe vai falar?

— Já falou, Ivan. É preciso apenas interpretar as palavras dele. O susto e o medo que o cão passou, todo mundo viu, não podiam ser causados por simples raposas. Isto foi animal de grande porte.

— Qual?

— Se estivéssemos no continente, diria que era onça. Na ilha é muito improvável. Quem haveria de trazer uma onça e soltar aqui?

— Há gente para tudo.

— Claro, mas há também um detalhe. As carcaças semi-devoradas das andorinhas-do-mar não parecem restos deixados por onças. Elas comem tudo.

— E como ficamos? — perguntou Róbson.

— Na mesma, ou seja, estaca zero. Temos que voltar ao outro lado para buscar mais indícios.

Lia foi chegando:

— Venham tomar café. Tia Débora tá chamando. O que foi que assustou as cabras?

Ivan fez mistério. Falou baixinho, atrasou os passos para seguir só com Lia, enquanto os dois homens iam à frente:

— Estamos investigando.
— Leda está com medo de sair de casa. Disse que foi o caranguejo gigante que apareceu outra vez.
— E ela viu? — perguntou Ivan, rindo.
— Não, mas botou na cabeça que aqui tem um caranguejo gigante e pronto. Está querendo até ir embora.
— Ir embora?
— É. Está chorando e tia Débora disse que, se continuar assim, o jeito é levá-la de volta.
— Mas você fica — disse Ivan interessado.

Lia ficou calada olhando para o chão. Ele insistiu em tom de brincadeira:

— Ou também está com medo dos caranguejos gigantes?
— Se Leda for embora, eu também tenho que ir.
— Essa não, Lia. Ela vai, você fica.
— E Leda fica sem mim? A mãe vai inventar logo um monte de motivos para eu ficar lá também...
— Peraí que eu vou dar um jeito naquela menina. Criança não presta para dar certos passeios. Logo agora, que tem um monte de coisas para descobrir...
— Por exemplo?
— Posso dizer?
— Claro!
— O gosto de seu beijo.

Ela ficou calada. Já iam chegando em casa e sentaram-se à mesa para o café da manhã.

Apesar das nuvens, a manhã permitiu que Róbson e Cirilo dessem uma volta até o espigão central, enquanto Ivan deixou-se ficar junto a Lia, distraindo Leda, procurando fazer que a menina esquecesse os caranguejos e não quisesse ir embora.

Róbson e Cirilo tardaram para o almoço. Débora começava a ficar preocupada, quando eles surgiram por detrás do curral das cabras, trazendo algo que a mulher não conseguia descobrir o que era. Róbson foi chegando e dizendo:

— Olha o que eu trouxe para o almoço.
— Que é isto, Róbson, para que matou o bichinho?

No chão, o corpo ensanguentado de um cabrito morto, as vísceras rasgadas. Lia e Ivan vieram correndo. Logo depois, Leda.
— O que é isso?
— O que foi?
— Quem matou?
— Encontramos morto na subida do espigão central — explicou Cirilo. — Resta descobrir que animal o matou.
Débora olhava o cadáver com um misto de asco e medo:
— Precisamos ter cuidado. É bicho grande e perigoso. Uma onça, talvez. A gente não pode continuar assim à mercê dele. Temos que caçá-lo e matá-lo.
— É isto que vamos fazer, Débora — respondeu Róbson.
— Antes, contudo, precisamos saber do que se trata. Cirilo acha que não é onça.
— Com quase certeza — confirmou o naturalista. — Não existem marcas de dentes nem de unhas.
— E o que é?
— Ainda não sei.
O resto do dia foi salpicado de chuvas intermitentes, enquanto o céu, uma vez mais, cobria-se de nuvens ameaçadoras.
À noite, com o tempo lá fora tornando-se cada vez pior, Cirilo convidou Ivan para uma disputa de batalha naval. Leda fora dormir cedo. Róbson e Débora conversavam, Lia entretinha-se com um misterioso livro encapado. Ivan, curioso, fazia movimentos acrobáticos para descobrir que livro era, mas não conseguia. Estando a cabeça do menino no mundo da lua, tio Cirilo afundava, um após outro, submarinos, destróieres, encouraçados.

VIII
NOITE DE HORROR

— Tchbum, mais um encouraçado pro brejo — revelou Ivan, marcando em sua cartela outra vitória do tio.

Uma intensa claridade iluminou a sala e segundos depois um pavoroso estrondo sacudiu a ilha. Cascatas de chuva caíram do céu.

Começou a tormenta.

A chuva, que por todo o dia mantivera-se fraca, rebentou de vez às dez horas da noite. Relâmpagos intermitentes iluminavam a ilha e logo depois o ribombar dos trovões estremecia a casa.

Pelos vidros das janelas, os meninos viam a fita de luz ziguezagueando no céu, depois ouviam o estrondo terrível do trovão. O mar, revoltado com toda aquela água, respondia com altíssimas ondas que batiam com força na praia e se espedaçavam mais além, na orla dos coqueiros.

Em volta da casa, a chuva, que a princípio formara filetes de água, resolvera-se em ribeirões que isolavam praticamente a construção. A cobertura de telha-vã deixava que a forte chuva respingasse numa poeira fina.

Róbson lembrou:

— E Ralfe, ficou do lado de fora?

Levantou-se, foi até a porta, abriu-a. O cão entrou correndo, todo molhado. Com ele, uma lufada de vento e chuva.

— O melhor que temos a fazer é ir dormir.

— Com essa chuva? — perguntou Ivan.

— O que é que tem? Melhor assim. É tão gostoso dormir com chuva.

— Eu tenho medo, é melhor ir me deitar — confessou Débora.

— Eu também — concordou Lia.

Ivan protestou:

— Eu gosto de ver tempestades. Acho lindo...

A luz azulada de um relâmpago iluminou a casa e o trovão foi como que uma explosão abalando a ilha.

Ivan estremeceu assustado e todo mundo caiu na gargalhada. Lia brincou:

— Não tem medo não, é?
— Tomei um susto. Eu não esperava...
— Então vá lá fora — desafiou a menina.
Ele procurou os olhos dela:
— O que eu ganho depois?
Lia sorriu:
— Uma tremenda gripe.
— Vamos dormir, macacada. Vamos, Ivan, antes que você pegue gripe.

Cirilo levantou-se da cadeira e foi se encaminhando para a porta. Dormia no quarto dos fundos com Ivan e não havia comunicação interna para lá. Teriam de enfrentar a chuva e, pior do que ela, o ribeirão de água que se havia formado ao pé da varanda. Olhou pela janela e, à luz de um relâmpago, viu que a travessia, mesmo curta, não compensava.

Disse para o menino:
— Olhe, Ivan, apesar de você ter se oferecido para enfrentar a chuva, acho melhor nos acomodarmos por aqui mesmo. Vamos dormir nos sofás, porque atravessar este "oceano", até o nosso abrigo, só de escafandro. — Brincou: — ainda mais com a Lia rogando praga.

Débora concordou:
— É melhor. Fiquem. Vou buscar roupa de cama.

Enquanto a chuva violenta prosseguia lá fora, dentro de casa todos caíram no sono.

Madrugada.

O berro agoniado, repentino, de uma cabra cortou os ares, e um tropel alucinado de corpos se batendo na cerca fez as pessoas pularem das camas outra vez. Ralfe levantou a cabeça, esticou as orelhas e ficou alerta. Cirilo, Róbson e Ivan correram à janela, descerrando a cortina. A escuridão era total. Esperaram que um relâmpago iluminasse a cena. Ele veio distante e fraco.

Leda chorava no quarto agarrada a Lia e Débora tentava acalmar as duas.

Um relâmpago mais forte espalhou luz pelo quintal, iluminando um majestoso bode que passou em disparada, correndo dentro da lama, espadanando água por todos os cantos.

Novos berros por trás da cerca, correrias, choques na madeira, pois os bichos, de tão apavorados, não acertavam a saída.

Outro relâmpago, desta vez bem claro, iluminou cabritos correndo na noite. O trovão que veio em seguida pegou todos desprevenidos e o susto foi total.

Róbson murmurou:

— É assombroso, Cirilo. Que diabo será isto que está espantando os animais?

Cirilo pediu:

— Apanhe a lanterna, Ivan. Vamos ver se a gente descobre alguma coisa.

A luz dirigida através da janela iluminou apenas a chuva, que continuava a cair e a formar riachos, sem nada esclarecer do mistério. Os relâmpagos, apesar de efêmeros, davam uma visão melhor, porém não mostravam a causa de tanto rebuliço. Uma cabra passou trotando com dificuldade e Cirilo notou que ela manquejava. Pode ter sido impressão, mas ele julgou ter visto o pelo branco manchado de sangue. Mais um relâmpago iluminou o animal e Ivan gritou:

— Olhem lá, aquela cabra está ferida...

A noite engoliu o bicho e ninguém mais o viu.

De novo um berro forte e agoniado. Um balido de cabra pequena, seguido de outros, batidas desesperadas nas tábuas da cerca, mais berros de dor que foram se tornando fracos e distantes. Era evidente que uma cabra pequena estava sendo atacada e levada, ou perseguida para longe. Lia começou a chorar com pena do animal.

A lanterna varria o quintal, especialmente a cerca. A fera poderia estar ali escondida, dali desapareceria para o interior da ilha, e o mistério iria continuar. Róbson, ansioso por descobrir, foi buscar a espingarda.

— Não podemos ficar aqui plantados, apenas na expectativa. Temos que fazer alguma coisa.

Débora escutou e gritou lá do quarto das meninas:

— Você quer ir lá, sem saber do que se trata? Nem pense nisso!

— Não, mas precisamos fazer alguma coisa.

— Talvez do quarto dos fundos... — começou Cirilo.

— Ninguém vai sair daqui — Débora estava decidida.

— Vamos ficar à mercê desse bicho?

— Você não é louco de sair, não é, Cirilo? Deixe que depois ele aparece.

Mais uma cabra passou chapinhando na lama.

Cirilo apagou a lanterna.

— Vamos deixar tudo escuro. A qualquer barulho suspeito, eu acendo. Basta a luz dos relâmpagos. Pode ser que a luz esteja espantando o animal.

Durante cinco minutos o silêncio só foi quebrado pela chuva e, mais longe, pelo rugir das ondas contra os rochedos.

Foi quando ouviram o chape-chape de um animal correndo dentro da água, bem ali perto da janela. Imediatamente, Cirilo acendeu a lanterna, e todos viram uma cabra afastar-se em disparada.

Um formidável golpe, repentino e brutal, foi dado contra o vidro da janela, estilhaçando-o em mil pedaços. Cacos de vidro explodiram nos rostos de Róbson e Cirilo e se espalharam pela casa. Pela vidraça quebrada entraram a chuva, o vento, o frio, o susto e o medo.

Foi um grito só. Ralfe latiu alto. Antes que qualquer pessoa tomasse consciência do que realmente tinha acontecido, outro golpe, tão violento como o primeiro, acabou de despedaçar o resto da vidraça.

— Saiam daí — gritou Débora para Róbson, Cirilo e Ivan, que estavam próximos à janela.

Mas eles já tinham se afastado. Cirilo recuperou o sangue-frio, levantou-se e dirigiu o facho de sua lanterna para a vidraça quebrada, vendo, a pequena distância, no meio do quintal, a figura monstruosa do que lhe pareceu um caranguejo de enormes proporções, as duas tenazes imensas voltadas para a janela, os olhos pedunculados brilhantes à luz da lanterna. E não foi só ele quem viu. Todos, assustados, também viram a gigantesca criatura.

Iluminada pela luz da lanterna, a besta deixava-se ver em toda sua grandeza, imóvel e terrífica.

Leda soltou um grito angustiado e escondeu o rosto no colo de Débora.

— É ele, tia, é ele...

Cirilo tinha os olhos cravados no estranho animal, completamente magnetizado.

Um estrondo reboou nos ares. O susto e o grito de todos foi um só. O caranguejo desapareceu do foco, mas no instante seguinte um vulto monstruoso tornava a aparecer no facho de luz, em desabalada carreira para o interior da ilha.

No silêncio que se seguiu, de emoção e alívio, ouviu-se a voz de Leda, como se fosse uma chinelada em todos:

— Eu não disse que era um caranguejo gigante?

Um formidável golpe, repentino e brutal, foi dado contra o vidro da janela.

IX
UMA DECISÃO

Cirilo ainda continuou vasculhando o quintal com a lanterna, mas o bicho não apareceu mais. A seu lado, Róbson mantinha-se com a espingarda pronta para outro tiro, caso fosse necessário. Tinha certeza absoluta que atingira o animal, mas não o matara. Enquanto os dois permaneciam próximos à janela de vidraça quebrada, indiferentes à chuva que inundava a casa, Débora chamou-os à realidade:

— Fechem esta janela. Vocês são loucos.

Cirilo ainda permaneceu algum tempo iluminando o quintal, mas, a não ser a passagem de uma outra cabra no foco de luz, nada mais havia. Puxou as folhas de madeira da janela, fechando-a.

Róbson descansou a espingarda no chão e passou a mão no rosto, que sentia molhado de chuva. Quando olhou, viu que era sangue. Os estilhaços de vidro tinham feito numerosas escoriações. No mesmo instante, olhou para Cirilo, que tinha acabado de fechar a janela e se voltava para ele:

— O que é isso, Cirilo? Você está machucado.

Foi então que Cirilo tomou conhecimento de que o paletó de seu pijama estava empapado de sangue. Ao mesmo tempo, sentiu uma dor na base do pescoço. Passou a mão, soltou um gemido. Havia ainda um ou mais pedaços de vidro cravados na pele.

Nervosa, Débora veio em auxílio do marido e do irmão.

— Ivan, vá buscar a caixa de remédios, depressa.

Não havia muita coisa além de medicamentos para os primeiros socorros. As escoriações de Róbson eram cortes leves, mas Cirilo sofrera um profundo talho difícil de estancar, precisando de pontos. Ninguém sabia fazê-los, nem havia instrumentos. Foi possível apenas retirar os pedaços de vidro ainda cravados, limpar a ferida e pôr antissépticos. No outro dia, Cirilo já estaria melhor.

Ivan puxou conversa:

— Tio, são estes os caranguejos gigantes do francês?

— Não. Nunca os vi deste tamanho. É inacreditável.

Quando falava em caranguejos gigantes, referia-me aos da família dos gecarcinídeos, que são anões, comparados com esse aí. Parece um sonho, ou um pesadelo, a gente já não sabe mais. Em lugar nenhum do mundo existem caranguejos desse tamanho, é fantástico...

Débora tirou um pouco do entusiasmo que ia dominando o naturalista Cirilo, mais interessado na curiosidade zoológica do que no perigo que o animal representava:

— Tão fantástico que você está aí com o pescoço sangrando.

— Não deixa de ser fantástico. Espero que Róbson tenha acertado um centro nervoso do animal. É difícil matar esse bicho assim. Seu organismo é tão primitivo que não existe um verdadeiro cérebro como nos animais superiores, por isso dificilmente ele terá sido morto.

— E que vamos fazer com o bicho solto na ilha?

— Caranguejos não são tão perigosos assim — ponderou Cirilo.

— Imagine se fossem — ironizou a irmã.

— Isto foi um acidente, Débora. Falo da importância científica de um animal como esse. Quando me referia a caranguejos gigantes, eram espécies com carapaças de vinte, vinte e poucos centímetros e não um monstro desses.

— Eu não disse que era grandão? — Leda, que ouvia a conversa, deu seu testemunho.

— A Leda tem toda razão — confirmou Cirilo. — Agora, espero que o bicho esteja morto aí pelas proximidades...

Ivan ainda insistiu:

— Como pode existir um bicho desse tamanho, tio?

— É o que vamos estudar. Pode ter sido até um fenômeno biológico denominado mutação, ou seja, de uma geração para outra ocorrem alterações profundas na característica de uma espécie e essas alterações tornam-se permanentes e hereditárias. Existem dezenas de exemplos, principalmente nos animais domésticos, mais fáceis de documentar. O gato angorá, de pelo comprido, é um exemplo, assim como os pôneis. Estas são mutações de grande monta, bem visíveis, mas existem outras de menor importância.

— Quer dizer que esse caranguejo pode ser descendente de um caranguejo comum? — perguntou Ivan.

— Esse gigantismo exagerado nunca foi observado, por isso não posso dizer nada. Pena que não tivemos chance de prendê-lo.

— Seria bom.

Róbson entrou na conversa com uma ponta de ironia:

— Pois é, o bichinho foi tão delicado, batendo tão de leve na vidraça e eu fui dar um tiro nele...

— Não se trata disso, Róbson. Você agiu como devia, mas há de convir que cientificamente foi um desastre.

— Então era melhor o caranguejo vivo e o cientista morto, para o bem da ciência.

— Claro que não, porque a ciência só existe se houver cientistas. Mas vamos deixar de discussões "do que podia ter sido" e voltar ao mundo "do que pode ser". Hoje pela manhã vamos ver o que podemos descobrir...

Débora, de seu canto, interrompeu:

— Hoje pela manhã eu quero é ir embora, pois não vou ficar aqui com esses bichos soltos... Se você quiser ficar, Cirilo, você fica. Ainda mais machucado desse jeito.

— Eu também vou embora — ofereceu-se Leda.

Róbson hesitou:

— Também não é preciso entrar em pânico. Já estamos há duas semanas na ilha e nada aconteceu. O bicho deve ter se espantado com a tempestade.

— Você fica, Róbson. Você me leva com os meninos e volta para fazer companhia a Cirilo.

— Mãe, também não é perigoso assim — defendeu Ivan —, o pai pode ter matado o bicho ontem, ou ainda ferido, e ele não volta mais.

— Se fosse outro animal conhecido, saberíamos como nos defender, mas esse que nunca se viu... Contando, ninguém acredita.

Cirilo aproveitou:

— Por isso quero prendê-lo para mostrar a todo mundo.

— Pois você fica caçando seus caranguejos gigantes, que eu vou cuidar da minha vida. Róbson me leva.

— Eu não vou — decidiu Ivan.

— Vai, sim senhor.

Débora não estava mais para discussões. Chamou as duas meninas:

— Leda, Lia, vamos descansar este resto de noite. Vamos deixar esses malucos aí, discutindo sobre caranguejos, e aproveitar um restinho de sono, porque amanhã toca levantar acampamento.

Ivan ficou olhando as três dirigirem-se ao quarto, esperando que Lia olhasse para trás e lhe dissesse qualquer coisa com os olhos. Mas ela nem se virou. Ivan estava decepcionado com a decisão da mãe. Cirilo e Róbson, apesar de darem certa razão a ela, sentiam-se frustrados, principalmente o primeiro, que depois de um certo tempo calado disse:

— Eu vou ficar, Róbson. Nunca me perdoaria se perdesse a oportunidade de estudar um fenômeno tão extraordinário como este.

— Eu também vou ficar, pai — disse Ivan, num tom dúbio de revelação e pedido.

Róbson não respondeu.

X
E AGORA?

Bem cedinho, Débora serviu um café forte para refazer as forças perdidas naquela noite agitada. O sol foi tomando conta do horizonte e o céu, quase limpo de nuvens, deixou que ele dominasse a paisagem por inteiro. Enquanto Cirilo, Róbson e Ivan ficaram à mesa conversando, Débora e Lia voltaram ao quarto para fazer as arrumações da viagem. Ninguém mais tinha falado nela, mas era coisa decidida.

As janelas da varanda tinham sido abertas e a claridade do sol inundava a casa, junto ao cheiro do mar vindo da praia. A forte chuva da noite havia cavado profundos sulcos na areia, desenterrado raízes de coqueiros e mesmo derrubado alguns, como se via a distância um deles, o capitel de folhas verdes caído na areia e o tronco esguio e comprido estendido no chão.

Débora passava dobrando roupas, recolhendo objetos:

— Róbson, acho bom dar uma olhada no barco depois dessa chuva toda.

— Tudo bem, basta sairmos à tarde.

— Quanto antes melhor. Eu já estou quase acabando. Aqueles sacos de roupa suja você pode até ir levando.

— Calma, Débora. Não sei nem como está o Vencemar.

— É por isso que estou lhe pedindo para ir ver.

Débora saiu da sala. Ivan sugeriu:

— Vamos dar uma olhada primeiro lá no quintal, ver se o bicho está morto?

— Claro — respondeu Cirilo. — Já não aguento mais de curiosidade.

— Nem eu — confessou Róbson.

Saíram pela porta da frente seguidos por Ralfe, que alegremente desceu os poucos degraus, pisou a areia molhada e acompanhou os homens.

Por precaução, Róbson levou a espingarda e Cirilo um machado.

— Eu vou levar as pernas — disse Ivan — para dar uma boa corrida, se for necessário.

Mas não foi preciso. O quintal não apresentava nada de anormal, a não ser os sulcos profundos feitos pelas correntezas e as poças de água aqui e ali. Do caranguejo gigante, nem sombra. Parecia que tudo tinha sido um sonho, uma alucinação coletiva. Verdade que o animal ferido poderia estar escondido na mata que começava logo adiante, ou no curral das cabras protegido pela cerca de tábuas. Só que a manhã estava tão linda, tão clara, que o perigo era algo completamente fora de propósito, deslocado do ambiente.

Ivan aventurou-se, seguido por Ralfe, que logo depois passava à frente em direção ao curral das cabras. Cirilo advertiu:

— Espere aí, Ivan. Não vá assim, sem saber o que virá pelo caminho.

O menino diminuiu o passo, tornou-se mais atento, mas continuou na direção do curral. Ralfe entrou no cercado, latiu para algumas cabras que estavam lá, voltou, foi outra vez. Cirilo e Róbson chegaram logo depois. Tudo sem novidades. Apenas a terra revolvida como no dia anterior, mas desta vez sem outras manchas de sangue.

Róbson não se conformava:

— Mas será possível que aquele tiro quase à queima-roupa não tenha matado o bicho ou eu estava sonhando?

— Talvez tenha se ferido e morrido depois — completou Ivan.

— É cedo para concluirmos alguma coisa — esclareceu Cirilo —, mas haveremos de encontrá-lo. Precisamos apenas nos precaver para um ataque de surpresa; fora isto, caranguejo é um bicho tão estúpido que não constituirá grande ameaça.

— É, tio, mas pinças daquele tamanho podem partir uma pessoa em duas.

— Não digo que não, mas a gente tem cabeça para saber se defender e eles são simples força bruta.

Estenderam a excursão bem adiante, foram até o início da encosta do espigão central, embrenharam-se na mata vizinha, mas nada descobriram do caranguejo.

— É animal noturno — disse Cirilo —, deve estar abrigado em qualquer lugar.

— Róóóbson, Ciriiilo, Ivaaan!

Débora gritava lá da janela dos fundos.

— Veeenham!

Eles já estavam mesmo voltando. Débora recebeu-os na porta da cozinha:

— Vamos embora, depois vocês voltam para procurar o tal do caranguejo. Minhas coisas já estão arrumadas. As malas estão lá na sala. Podem ir levando. Falta ainda embalar a louça e outras coisas mais.

— Preciso dar uma olhada no barco antes — disse Róbson e chamou Cirilo —, vamos ver como ele se comportou esta noite.

— Não demorem — pediu Débora.

Os três nem entraram em casa. Deram volta à construção e se dirigiram ao pequeno porto, formado por uma reentrância da ponta da Baleia. Quando iam passando pela frente da casa, Ivan viu Lia na varanda. Desligou-se do grupo, indo até a menina:
— Você vai embora mesmo?
— Nós vamos.
— Eu não vou, Lia. Quer dizer, posso ir mas depois eu volto. Bobagem da minha mãe. Aqui está tão bom. O bicho já deve estar morto. Tio Cirilo disse que ele só sai à noite.
Lia estava indecisa:
— Não sei, Ivan. Dá medo. Eu acho que você devia ir também.
— Não tem perigo. A única coisa ruim é que você vai embora.
— Você se importa?
— Claro.
— Ivaaan, Ivaaan! — a voz de tio Cirilo.
— Já vooou! — respondeu Ivan. — Tchau, Lia.
Correu em direção à ponta da Baleia. A chuva causara estragos no coqueiral em frente e duas belas árvores achavam-se caídas com a enorme coroa de folhas no chão, as raízes em cabeleira arrancadas do solo. Naquela direção ficava o porto, com o pequeno cais de madeira onde estava ancorado o Vencemar.

Ivan contornou as folhagens dos coqueiros que impediam a visão e, de repente, notou que o cais estava vazio. Róbson, agachado, examinava as cordas. Ivan perguntou ao tio:
— Cadê o barco?
Tio Cirilo balançou a cabeça:
— Não está aí, Ivan. Não sei o que aconteceu.
— Como?
— Não adianta perguntar. As cordas estão partidas. A verdade é que o Vencemar desapareceu.
— E agora, tio?
— Agora é manter a cabeça fresca e procurar uma solução. Antes ele ter desaparecido do que um de nós.
— Será que não afundou com a tempestade?

— A única coisa ruim é que você vai embora — segredou Ivan.
Lia corou, mas por dentro ficou contente.

— Parece que não. A água é tão clara que a gente vê o fundo; por estas proximidades, o barco não está.

Foram caminhando até o pequeno cais de madeira que, apesar de mostrar certas avarias feitas pelas ondas furiosas da noite anterior, podia ser facilmente reparado. Pior era o Vencemar. Róbson estava transtornado:

— Agora estamos sem comunicação com o mundo. Isolados, completamente isolados. Eu devia ter tirado o rádio e instalado na casa da ilha, mas quem iria imaginar que isto acontecesse? É muito azar.

— O desespero não leva a nada, Róbson. Talvez ele esteja encalhado num canto qualquer, levado pelas ondas.

— Onde, Cirilo, onde? Daqui a gente vê toda a baía e não dá para um barco daquele tamanho se esconder. Só se for do lado de fora. Aí os recifes devem ter acabado com ele. Para que nós queremos a carcaça?

— Se a encontrarmos é melhor do que nada, e se não encontrarmos nada, mesmo assim arranja-se outra solução.

— Que solução? Ficaremos à espera de alguém que se digne a passar ao largo e resolva nos fazer uma visita?

— Róbson, não é hora de perdermos a cabeça. Vamos dar uma volta na ponta da Baleia. Quem sabe ele não está logo ali adiante?

Como que entendendo a conversa, Ralfe balançou a cauda e correu para a enorme pedra que dera nome à ponta. Realmente parecia uma baleia à tona da água. Subiram até o alto, e desceram para o outro lado, que caía abruptamente para o oceano.

Após examinarem cuidadosamente toda a ponta da Baleia e de novo vasculharem a baía das Gaivotas, o jeito era voltar para casa e transmitir a notícia.

— Nada do Vencemar.

Débora desabou num choro convulsivo:

— E agora, o que fazer?

XI
A BRONCA

Irritada, Débora distribuiu recriminações para todo mundo. A tensão e o medo daquela noite continuavam pela manhã, que prenunciava um dia trágico. O primeiro a receber as reprimendas foi, naturalmente, o irmão:

— Parece um débil mental irresponsável, trazendo-nos a um lugar destes.

— Não fui eu o culpado pela tempestade.

— Pois que viesse só atrás de seus caranguejos e não chamasse a mim e a meu filho para isto. E a Leda, a Lia, o que vai dizer a Íris se acontecer alguma coisa a elas?

— Mas, Débora, eu juro que não sabia deste caranguejo...

— Pior ainda, insiste em passar férias num lugar desconhecido...

— Você está nervosa, Débora — interrompeu Róbson.

— Não tenho sangue de barata! Quer que eu fique quietinha, achando tudo muito bom e bonito? Você mesmo estava muito interessado em não sair daqui. Se tivesse prendido bem o barco, ele estaria lá.

— Nós vamos encontrá-lo.

— Encontrá-lo afundado ou não, vai alterar alguma coisa?

— Você ficar aí, acusando todo mundo, não ajuda em nada.

Débora voltou ao choro. Lia correu para consolá-la:

— Eles vão achar o Vencemar, tia... Ou, quem sabe, algum barco possa passar por aqui e resolva vir conhecer a ilha...

— Ora, Lia, eu não sou criança. E a Leda — chamou a pequena, que veio aninhar-se em seu colo —, a pobrezinha não consegue dormir de tão assustada...

— Eu quero ir embora, tia...

— Nós vamos, minha filha. Tio Róbson vai procurar o barco.

Era a deixa que ele estava esperando. Chamou pelos outros:

— Cirilo, Ivan, vamos lá.

— Esperem — gritou Débora. — Vocês vão nos deixar sozinhas aqui?
Róbson, que já ia saindo, retornou.
— Você tem razão. Ivan fica. Ele já está um homem.
O menino estava ansioso por acompanhá-los, mas o olhar de Lia foi mais forte do que seu desejo de aventuras e, sem dizer nada, deixou-se ficar, enquanto o pai e o tio davam a volta à casa e se dirigiam ao cabo das Tormentas, a fim de ver se descobriam alguma coisa do barco.
— É melhor fechar a casa toda — disse Débora —, antes que apareça um bicho daqueles aqui dentro.

XII
A BUSCA

Cirilo não resistiu e subiu uma vez mais à torre do Pirata. Róbson acompanhou-o. Ralfe ficou do lado de fora, pregando sustos nas aves marinhas que pousavam na areia.
Diante do mapa, Cirilo demorou-se um tempão. O desenho já estava bem deteriorado e confuso. Estudou com cuidado o "lado oculto" da ilha, chegou a copiá-lo num papel que levava, espantando-se com as minúcias.
Apesar de quase ilegível, vez por outra percebia-se o detalhado desenho original.

— Este bandido do francês esteve no "lado oculto" da ilha, não tenho dúvidas — disse Cirilo.
— E por que isto é tão importante? Nós também estivemos lá.
— Mas somente depois que abrimos a pedra a dinamite.
— E ele não poderia ter feito o mesmo?
— Claro, só que não descobrimos onde. E olhe que eu conheço aquele espigão central palmo a palmo.
— Poderia ter ido pelo mar.
— Impossível. Você mesmo viu que barco nenhum tem condição de chegar perto, quanto mais de ancorar. A nado, nem se fala. Seria suicídio na certa.
— Admitindo que ele tenha estado lá, por que isto é tão importante para nós?
— Ora, Róbson! Naquele lado, ele localizou os *crabes géants*, ou seja, os caranguejos gigantes. Logo que nós abrimos a passagem para o outro lado, surge um *crabe géant* de verdade. Você notou a ligação? Antes eu pensava que os caranguejos gigantes a que ele se referia eram da família dos gecarcinídeos, que também são objeto dos meus estudos, mas agora tenho minhas dúvidas. Os "gigantes" que eu conhecia e pesquisava eram caranguejos grandes, maiores que os outros, porém nunca poderia conceber um monstro daquele tamanho.
— Então você acha que o francês tem algo a ver com esses caranguejos?
— Pelo menos, deve ter sabido da existência deles.
— E eles vêm do "lado oculto"?
— Não tenho dúvidas, Róbson.
— Se fecharmos a passagem, estaremos livres deles.
— Naturalmente.

Desceram os degraus desgastados, voltaram à praia seguidos por Ralfe, que alegremente farejava o ar, corria, esperava os donos, voltava.

Seguiram em direção ao espigão central. Pouco a pouco, a mata dava lugar às camadas de lava petrificada, onde apenas musgos e liquens conseguiam sobreviver. Em alguns pontos, onde se juntara um pouco de areia trazida pelos ventos, crescia um tufo de grama ou outra plantinha, de aspecto pobre, mas o resto era completa desolação. Desolação e dificuldade na marcha para Róbson e Cirilo, cansados, com a noite maldormida, a caminhada desde cedo, e mais um sol que estalava na pedra e refletia ofuscando os olhos.

Róbson ia à frente, Cirilo com dificuldade atrás. O ferimento do pescoço doía-lhe terrivelmente, mas não se queixava. Sabia que era do sol quente, do esforço, no entanto tinham de prosseguir. A esperança era que ali do alto pudessem descobrir o Vencemar, em qualquer lugar da ilha, mesmo avariado.

— Cirilo, são quase onze horas. Vamos descer e descansar ou você quer prosseguir até o outro lado?

— Já que estamos aqui, é melhor dar uma olhada logo. A passagem é logo adiante.

Ralfe, com a língua de fora, também estava cansado e perdera o entusiasmo pelo passeio. A poucos passos, uma alta pedra formava uma sombra tentadora. Cirilo, sem dizer nada, dirigiu-se a ela e sentou-se no chão. Ralfe fez o mesmo. Alguns metros em frente, o solo terminava de repente numa penedia abrupta, descendo diretamente para o mar a trinta ou quarenta metros lá embaixo.

Róbson ia tirando a espingarda das costas para sentar-se ao abrigo da pedra, quando Ralfe levantou-se de um salto e começou a latir desesperadamente. A princípio deu uma carreira para fora do abrigo, logo depois estacou, voltou, tornou a caminhar latindo, sem distanciar-se do local. Neste instante, Róbson e Cirilo viram surgir atrás de uma pedra pernas finas de unhas longas, em seguida uma formidável pinça de dois dedos e uma carapaça monstruosa brilhando ao sol. Um caranguejo gigante! E era gigante mesmo. O monstro deveria ter mais de um metro de altura e a distância entre as pernas estendidas deveria ir a mais de três. No alto, os olhos pedunculados examinavam a frente, a retaguarda, os lados. Ele saiu devagarinho por trás da pedra, logo depois de uma corrida andando de banda, em direção ao mar, ficando diante dos homens sua enorme silhueta contra o verde intenso das águas.

Estava tão perto que Cirilo podia enxergar detalhes. Mantinha a grande pinça direita baixa, tocando o chão. A esquerda era bem menor, talvez metade da outra. Róbson já estava com a espingarda apontada, dedo no gatilho, quando Cirilo deteve-o:

— Não atire, Róbson.

— Por quê, Cirilo? É um tiro só, ele cai lá embaixo, não escapa.

*Ralfe começou a latir desesperadamente;
Cirilo e Róbson ficaram paralisados.*

— Por isso mesmo — insistiu Cirilo.
— E você quer criar esse bicho? — espantou-se Róbson.
— Ao menos quero ele morto.

Ralfe continuava latindo à distância, sem coragem de se aproximar. O caranguejo agora estava parado, apesar dos esforços desesperados do cachorro querendo meter medo. Cirilo estava fascinado pelo animal, não despregava os olhos dele. O caranguejo deu uma carreira, levantou a grande pinça de dois metros de comprimento e avançou diretamente sobre Ralfe e os homens. O cachorro fugiu subindo numa pedra, de lá voltando a ameaçá-lo com latidos. Róbson atirou. O animal desequilibrou-se, uma das pernas desprendeu-se, ele correu para a extremidade da pedra lançada sobre o mar. Róbson apontou a espingarda outra vez e, antes que Cirilo o impedisse, outro tiro reboava no ar, pegando em cheio a carapaça do bicho que, desequilibrando-se, precipitou-se nas águas revoltas.

Com grande esforço, Cirilo correu, sem pensar que poderia ter outro animal pelas proximidades. Foi até a pedra sobre o mar. Ainda viu, durante certo tempo, o monstruoso caranguejo ser levantado pelas ondas e jogado contra as pedras, desaparecer num redemoinho, voltar à tona, rebentar as pernas, mergulhar nas águas espumosas, reaparecer, sumir. Por muito tempo ficou ali. Ralfe estava junto a ele, olhando tudo. Róbson, mais prático, prestava atenção em todas as direções, para não ter outra surpresa igual.

Cirilo voltou ao abrigo, sentou-se, encostou-se na pedra que lhe dava sombra. Estava se sentindo mal. O sol, a canseira, a noite sem dormir, o ferimento, as emoções, tudo aquilo o tinha abalado. Baixou a cabeça. Desmaiou.

XIII
E CIRILO?

Era pouco mais de uma hora da tarde, quando todos da casa escutaram o primeiro tiro e logo um segundo.
— Valei-me, Deus! — exclamou Débora.
Ivan, Lia e Leda pararam o que estavam fazendo, ficando à escuta. Nada esclarecedor foi o silêncio que se seguiu. Trouxe apenas a angústia, a incerteza e o medo. Débora começou a chorar enquanto rezava. Lia a acompanhou, Leda perguntou se tinham matado algum caranguejo. Ivan tentou consolar:
— Ô, mãe. A gente não sabe o que está acontecendo. Pode ser até que o pai esteja atirando para dizer que achou o barco.
Ela abraçou o filho:
— Não, Ivan, eles não iam atirar por isso. Encontraram alguma coisa no caminho. Deus os proteja.
— Apareceu outro caranguejo? — perguntou Leda.
— Quem sabe?
Devagarinho, o ponteiro dos minutos percorreu o mostrador do relógio marcando mais uma hora. Depois do segundo tiro, o medo de uma notícia ruim manteve todos tensos, os olhos fitos no relógio, os ouvidos atentos a qualquer ruído.
Mais de duas e meia da tarde e o mistério permanecia. Débora andava pela sala, nervosa:
— Já dava tempo de eles terem chegado.
— Não sabemos onde eles foram, mãe.
— A ilha não é tão grande assim. Será que não têm fome, sede? Se não encontraram o barco, ou se o encontraram, por que não voltam?
— Devem estar voltando, tia — Lia quis consolar.
— Não vão demorar — confirmou Ivan. — Quer que eu vá até ali para ver?
— Não!
A voz de Débora saiu como um grito angustiado.
— Eu não vou lá em cima, mãe.
— Ninguém vai sair daqui, Ivan.
Não foi preciso que Ivan saísse. Latidos longínquos de um cão demonstravam que Ralfe estava voltando. Com ele, deve-

riam estar Róbson e Cirilo. Mais angustiantes minutos, todos os narizes grudados nas vidraças das janelas do fundo. Finalmente surgiu Ralfe e, logo atrás, caminhando apressado, Róbson. E Cirilo? O que aconteceu? Por que os tiros? Cada pergunta teve sua resposta.

— O cansaço, o sol, a noite maldormida e até a fome, pois já era meio da tarde, fizeram Cirilo desmaiar. Ele voltou a si, mas está muito fraco. Vim buscar Ivan para me ajudar a trazê-lo.

— Ficou sozinho?

— Com quem ia ficar? Não se preocupem. Deixei-o dentro de uma estreita gruta, protegido por pedras. Ele mesmo deu a orientação. Os caranguejos são grandes, porém, completas bestas. Não o atacarão. A espingarda ficou com ele. Vamos levar água e um pouco de comida.

— Você também devia comer alguma coisa antes de sair — falou Débora.

— Claro. E um gole de conhaque.

Róbson comeu apressadamente, enquanto Débora preparava um sanduíche para Cirilo, e Lia enchia uma garrafa térmica de água para levarem. Ralfe estava com sede e esfomeado. Bebeu a água e comeu o que Ivan lhe preparou num minuto.

Enfim, saíram. Róbson recomendou que trancassem toda a casa, para prevenir surpresas. Ralfe os acompanhou de volta ao espigão central.

Passaram perto do curral das cabras, onde os animais andavam mordiscando a grama verde, embrenharam-se na mata que chegava quase ao limite do quintal, iniciando a subida do espigão. Ivan, descansado, ia à frente, seguido por Róbson que andava com certo esforço. Ralfe também perdera muito da alegria com que participara do passeio da manhã.

Pelas quatro da tarde, o sol ainda estava forte, mas no alto do espigão o vento vinha livre do mar e refrescava, facilitando a caminhada. Uma olhada para a paisagem lá embaixo, na busca de algum vestígio do barco, ou para o mar imenso, verde e vazio até os confins do horizonte, nem uma vela, uma fumaça de chaminé, nada se via. Estavam sozinhos naquela ilha, pensou Ivan. Teriam de arranjar uma maneira de sair.

— Vamos, Ivan — chamou Róbson, que se adiantara.

Atravessaram o desfiladeiro onde fora aberta a passagem para o outro lado. Ouviram o ruído da água no seio da terra, depois o silêncio e outra vez o mar interior. Uma lufada de vento soprou-lhes os rostos. Estavam chegando ao lugar em que ficara Cirilo. Ralfe correu abanando o rabo, soltando rápidos latidos. Ivan acompanhou-o. Róbson disse:

— Foi ali, Ivan, que o caranguejo apareceu. Estávamos junto àquela pedra quando ele investiu para cima de Ralfe. O primeiro tiro arrancou-lhe uma perna, o segundo jogou-o ribanceira abaixo.

Ivan foi até o local e ficou vendo o mar debatendo-se contra as pedras. Perguntou:

— E o tio, onde está?

Ralfe seguiu e logo depois voltou. Róbson indicava o caminho.

— Por aqui.

Chegaram. A gruta estava vazia.

XIV
A LUZ

O crepúsculo deslumbrante que encerrou aquele dia não foi notado pelos visitantes da ilha da Cacaia. As estrelas começavam a pipocar no céu quando Débora e as meninas ouviram outra vez os latidos de Ralfe e a chegada de Róbson e Ivan.

— E Cirilo? Cadê Cirilo?

Róbson balançou a cabeça desolado.

— Não estava na gruta.

— Não estava? — quase gritou Débora — então...

— Não sei, Débora, mas não acredito que tenha sido atacado pelos caranguejos. A espingarda estava lá intacta, o resto em ordem. A impressão é que ele saiu da gruta e tentou voltar sozinho. Ele não chegou aqui? — perguntou por perguntar, pois sabia a resposta de antemão.

— Claro que não.

— Eu imaginava. Quando não o encontramos na gruta, passamos a procurá-lo por todos os cantos, porque se ele tivesse chegado aqui por outro caminho teria nos dado aviso. Ou melhor, se ele voltasse sozinho, por certo deixaria qualquer indicação. Nada. Simplesmente sumiu.

Lia arregalou os olhos que eram os encantos de Ivan:

— Não tinha sangue por lá, tio?

Ivan respondeu:

— Não. Parece que tio Cirilo saiu, deixou a espingarda direitinho apoiada numa pedra e desapareceu. Procuramos por toda parte.

Róbson emendou:

— O lado de lá é muito irregular, tem muitas grutas, muitos platôs, degraus, é difícil procurar em tudo. É fácil esconder-se.

— Mas por que ele iria se esconder?

— Talvez tentasse voltar sozinho, não aguentou e abrigou-se em qualquer lugar...

Débora rebateu:

— Não acredito. Cirilo não faria isso. Ele não é maluco.

— Concordo. Só que não resolve o mistério.

— E agora? — perguntou Lia.

— Agora é aguardar, minha filha. Que podemos fazer? Esperar pela manhã e voltar a procurá-lo. À noite, será impossível.

Débora começou a chorar.

No silêncio que se seguiu, a ansiedade e a aflição dominaram o ambiente. Lia baixou a cabeça, escondeu o rosto e chorou. Ivan sentiu-se perturbado, indo até a janela que dava para o quintal. Descerrou a cortina, olhou a noite que envolvera a ilha. Uma coisa na garganta impedia-o de falar. A via Láctea traçava um caminho de luz no céu, mas pouco iluminava a terra. O quintal estava completamente escuro, a mata aos fundos era uma mancha negra e o espigão central apenas uma sombra.

De repente, Ivan viu uma luz brilhar ao longe, no alto, próximo ao espigão. Apurou a vista. Seria verdade? Não. Foi uma ilusão. Os olhos estavam cheios de água. Que acontecera ao tio Cirilo? Não podia acreditar que ele estivesse morto. Por que desaparecera? Por que não deixara um bilhete dizendo alguma coisa? Enxugou os olhos na cortina.

Outra vez a luz no espigão. Desta vez não podia haver engano. Ela se movia. Desapareceu. Chamou:

— Pai, venha cá. Uma luz ali...

— Onde, Ivan?

Róbson olhou. A noite era só trevas. Aguardou uns minutos.

— Foi impressão sua, Ivan. Cirilo não levou a lanterna. Íamos voltar cedo, ainda de dia.

— Tenho certeza que vi uma luz... Olhe lá, pai... Está se movendo...

Róbson chamou:

— Débora, Lia, venham ver.

Elas se levantaram de um salto, foram até a janela, ainda viram a luz mover-se e desaparecer.

— Graças a Deus — murmurou Débora.

— Deve estar perdido. Precisamos fazer alguma coisa — disse Róbson.

— As lanternas, pai, vamos fazer sinais com as lanternas.

Mas lá no espigão central a luz não respondeu aos sinais de lanterna. Pelo contrário. Desapareceu de vez. Róbson, Débora, Lia e Ivan começaram a duvidar do que realmente tinham visto.

Não podia ser uma ilusão de ótica coletiva, mas por que o tio Cirilo não respondera aos sinais? Estaria mesmo voltando?

Os minutos escorreram vagarosamente, transformaram-se em quartos de hora, a noite avançou, o espigão continuou mergulhado em trevas, Cirilo não apareceu.

XV
UMA FOGUEIRA

Ivan teve uma ideia:

— Pai, por que a gente não acende uma fogueira? Se o tio Cirilo estiver perdido, ele se orienta.

Mesmo sem acreditar muito, Róbson concordou. Junto com Ivan, Débora e Lia, juntaram lenha no meio do quintal, buscaram galhos secos, arrumaram num monte. Róbson jogou um pouco de álcool, riscou um fósforo, e logo uma chama brilhava na noite. A chama cresceu, entortou-se com o vento, endireitou-se, subiu, estalou os galhinhos secos, alimentou-se, rasgou a escuridão, cresceu.

Voltaram para casa. Trancaram-se. A noite avançou lentamente. Leda há muito dormia, inocente e serena. Róbson e Débora recolheram-se a seu quarto e Lia fez o mesmo. Ivan deixou-se ficar na sala, pois iria dormir no sofá. Atordoado com os acontecimentos, enfiou a cara no travesseiro e chorou. Tio Cirilo não podia desaparecer assim de repente, sem deixar um bilhete, uma mensagem. Também não podia ter morrido. Gente como ele não morre assim. E aquela luz na montanha? Tinha certeza que a vira, todos viram. Por que desaparecera quando fizeram sinais com as lanternas?

O relógio bateu onze horas da noite. A casa estava em completo silêncio, mas Ivan não conseguia dormir. Foi até a janela dos fundos.

A escuridão era quase completa para além da fogueira que ainda queimava no meio do quintal. Ficou ali um tempão com olhos fixos no morro do centro da ilha, mas não viu sinal algum. A fogueira acabaria antes do amanhecer. Resolveu pôr mais lenha para alimentá-la.

Devagarinho, com cuidado, rodou o trinco. Era só pular e estaria no quintal. Cuidadosamente foi empurrando a janela, evitando fazer barulho para não acordar alguém. A madeira gemeu, ele parou. Voltou a empurrar a folha da janela, agora mais devagar, assim, um pouquinho e... já dava para passar.

Uma mão fria segurou o braço de Ivan.

O menino levou um susto tão grande que esteve a ponto de dar um grito. O coração disparou, as mãos tremeram.

— Assustou-se, Ivan? Para onde você vai?
— Lia?
— Fale baixo. O que você vai fazer?
— Você me assustou.
— Eu estava acordada e ouvi a janela ranger. Aonde você vai, Ivan?
— Vou só botar mais lenha na fogueira.
— Não vai, Ivan. É hora dos caranguejos aparecerem, você não vai sair, não.

— É só até ali. A fogueira daqui a pouco se apaga, não tem mais madeira.

A menina continuou segurando o braço dele.

— Se você sair eu chamo tio Róbson.

— Mas Lia...

— E feche a janela, teimoso. Você está doido?

Ele hesitou. Ainda sentia o coração descompassado, mais ainda com a proximidade da menina.

— É rápido.

— Não, Ivan. Feche a janela, senão acordo seus pais.

— Só se você me der um beijo.

— Só se você prometer não sair.

Ele fechou a janela devagarinho para não fazer barulho, rodou o trinco de novo. Quando ia se virando, Lia esticou os lábios, deu-lhe um beijo no rosto e correu para o seu quarto.

Bééééé!

Começou o pandemônio. Berros angustiados de cabras, pancadas na cerca dos fundos, tropel de animais em correria e Ralfe, dentro de casa, acordado e latindo.

Róbson e Débora saltaram da cama, vindo para a sala. Foi o tempo de Ivan deixar a janela e correr para o sofá, fingindo que também tinha acordado naquele instante.

Da escuridão, veio um caranguejo em direção à fogueira, atravessou-a correndo, espalhando tições e brasas, tornando a desaparecer engolido pela noite. Cabras passaram em disparada. Outra vez, o vulto monstruoso surgiu correndo de lado com suas longas pernas. Róbson foi buscar a espingarda, fez menção de abrir a janela, Débora impediu-o. Ele correu para a outra janela, cuja vidraça tinha sido quebrada na noite anterior, e ficou aguardando o monstro aparecer de novo.

Algumas cabras vieram lá do fundo, abrigaram-se junto à parede. Novo tropel, novas correrias, barulho de folhas amassadas, gritos de animais, latidos de Ralfe dentro de casa, choro de Leda assustada. Lia apareceu na porta do quarto.

Depois, o silêncio. Nada mais se ouviu. Róbson e Débora voltaram para a cama. Lia tornou a recolher-se. Leda adormeceu. Ralfe aquietou-se.

Ivan teve um sono agitado.

XVI
UMA VELA

Ivan foi o primeiro a levantar-se. Correu à janela dos fundos, olhou o quintal. Na clara e transparente manhã, não havia o mais tênue fio de fumaça que indicasse o local da fogueira. Só um monte de carvão e cinzas meio dispersas.

Apesar da presença dos caranguejos na noite anterior, a luz brilhante do sol vinha para espantar o medo, dissolver os fantasmas e impelir à aventura. Ivan resolveu sair, caminhar um pouco na praia e pensar como poderia resolver o mistério que envolvia o desaparecimento do tio Cirilo, arranjando também um modo de saírem da ilha. Como? O barco estava irremediavelmente perdido, e com ele o rádio e a possibilidade de comunicação. Construir outro? Bem simples, uma canoa, uma jangada? Seria possível? Ou teriam de aguardar alguém passando ao largo que resolvesse desembarcar na ilha? O próprio tio Cirilo dissera que ela ficava fora das rotas regulares de outras embarcações. Necessitavam de um aviso, uma chamada. De que jeito?

Enquanto andava, os caranguejinhos da areia corriam escondendo-se nas tocas cavadas na praia. O voo planado das fragatas sobre as águas mansas da baía trouxe-lhe uma ideia. Ou duas. A primeira, passível de execução imediata, neste começo de manhã. A outra teria que se realizar no fim do dia, à noitinha.

Voltou para casa, foi até a cozinha andando na ponta dos pés para que ninguém escutasse. Tornou a sair, foi ao depósito do fundo da casa, buscou o que procurava, meteu tudo dentro de uma mochila e tomou o rumo da ponta da Baleia. Já ia saindo quando se lembrou de deixar um bilhete avisando para onde tinha ido, antes que seus pais se assustassem com o seu desaparecimento.

Ivan passou pelo pequeno cais de madeira, agora vazio, subiu a grande rocha em forma de baleia, andou até a sua extremidade, desceu ao nível do mar e foi jogando longe, bem longe, no meio das águas, os objetos que trouxera na sacola, neles, a esperança de salvação.

Tornou a subir a pedra até o alto. Lá em cima, levantou a vista para a imensidão do mar e no horizonte distante viu, longe, bem longe, no fim do mundo, uma vela branca sobre o oceano.

Voltou correndo para casa, gritando, acordando todo mundo.

De nada adiantou toda a agitação do menino. Róbson, escoltado por Ralfe, correu para o alto da ponta da Baleia, armado de um lençol branco para fazer sinais. Sinais para ninguém, pois o que viram do alto foi apenas a imensidão do mar deserto. Mesmo não sendo miragem ou engano do menino, o barco já desaparecera, passando ao largo da ilha. Apesar disto, Ivan estava contente e explicou:

— Outro pode aparecer por estas bandas. A gente tem que fazer uma fogueira, pai, para servir de aviso.

— De dia não adiantará.

— É possível, no entanto temos que tentar tudo. Vamos fazer uma fogueira à noite, bem maior do que a de ontem, num ponto mais alto, mais visível do mar... Eu até estive pensando em usar a torre do Pirata como se fosse um farol.

— Antigamente, deve ter sido usada com essa intenção. Mas, e agora? Precisaríamos de uma lanterna de grande potência.

— Ora, pai, a gente usa a lanterna a querosene.

— Não adianta, Ivan, a luz é muito fraca.
— Deixe-me só tentar...
— O que faremos hoje é encontrar Cirilo de qualquer maneira. É desnorteante o modo como desapareceu. Cirilo não aguentaria voltar sozinho para casa.
— E aquela luz que apareceu ontem à noite no espigão?
— Não sei, Ivan. O melhor que temos a fazer é voltar para casa, tomar café e partir outra vez à procura dele. Temos que achá-lo. Não acredito que tenha sido atacado pelos tais dos caranguejos. Nada indicava luta. A espingarda estava na mesma posição que deixei. Vamos lá.

Por todo o dia, Róbson, Ivan e Ralfe percorreram o espigão central, passaram para o outro lado da ilha, buscaram cuidadosamente algum indício do tio, tudo em vão. A pequena gruta onde ele fora deixado foi vista e revista, examinada em todos os aspectos. Nada revelou.

XVII
O FAROL

Sob os olhares descrente de Róbson, aflito de Débora e curioso de Leda, Ivan e Lia saíram à tardinha para colocar um lampião a querosene na torre do Pirata, para que ele servisse de farol. O menino tinha esperança de que alguém visse aquela luz num lugar onde antes não existia farol e se aproximasse para averiguar. Tinham que fazer algo para sair dali.

Enquanto Ivan levava com dificuldade o pesado lampião, Lia ajudava carregando arames de várias grossuras, alicate, martelo, instrumentos para prender o aparelho no alto da torre. Percorreram toda a praia dos Caranguejos, seguiram em frente até o pequeno bosque, viraram à direita em direção ao cabo das Tormentas.

O dia ainda estava claro e da janela da varanda Róbson enxergava as silhuetas dos dois meninos subindo e descendo as pedras que formavam o cabo. Débora veio juntar-se a ele e ficaram olhando o céu que se avermelhava lentamente, o mar distante que escurecia, as sombras que se adensavam sob o coqueiral. Ela começou a chorar baixinho:

— Mais um dia e Cirilo não aparece.

Sem muita convicção, Róbson quis consolá-la:

— Há de aparecer, ou haveremos de encontrá-lo. Se alguém viesse à ilha, se tivéssemos ajuda de fora, seria mais fácil.

— Você acredita nesse farol do Ivan?

— Para ser sincero, não. Mas vamos tentar tudo. Além do farol, vamos também acender uma grande fogueira na ponta da Baleia. Algum barco passará nas proximidades.

— Onde viemos nos meter?

— Não adianta arrependimento. Temos que tocar para frente.

— Não estou vendo mais os meninos.

— Devem ter chegado na ponta do cabo. Daqui não se vê. Vamos esperar que acendam o lampião.

A brisa que entrava pela janela trazia um cheiro de mar. O crepúsculo avermelhara o céu e escurecera a terra. Era a hora mágica do dia que se transforma em noite, das sombras que se agigantam e viram fantasmas.

Calados, Róbson e Débora aguardaram a luz do lampião brilhar no alto da torre, sinal de que estava tudo bem. Leda, que brincava com uma boneca, veio se aninhar no colo de Débora:

— Cadê a Lia, quando ela volta?

— Ela já vem. Vamos esperar uma luz aparecer lá na torre do Pirata, depois ela vem com Ivan.

— Tá demorando.

— Vem já... Olhe lá!...

As sombras que iam tomando conta da ilha realçaram um pequeno ponto de luz na torre. Logo depois, ele se apagou. E acendeu de novo:

— Apagou...

— Acendeu...

Outra vez tudo ficou escuro e, de repente, uma grande luz brilhou no alto da torre, firme, bem visível. Róbson bateu palmas:

— Vivaaa! Temos o nosso farol. Melhor do que pensei.
— É, Róbson, dá para se ver bem de longe.

E ficaram os três contemplando o farol improvisado lá na ponta do cabo das Tormentas. À medida que a noite vinha chegando, e agora ela vinha rapidamente, a luz tornava-se mais brilhante. No momento seguinte, Róbson exclamou:

— Ué, apagou!

XVIII
PERIGO NA TORRE

Ralfe não viu nem quis ver o momento em que Ivan pôs a mão no ombro de Lia, puxou-a para si e cobrou o beijo que ela estava lhe devendo. Ela pagou de bom grado. Uma leve aragem com cheiro de mar jogou os finos cabelos da menina no rosto de Ivan, escrevendo palavras que não precisam ser traduzidas.

— Vamos, Ivan, senão escurece e a gente não consegue armar o lampião lá na torre.

Estavam diante da grande porta em arco do térreo. No primeiro andar, as sombras quase escondiam o mapa do francês. Lia teve um arrepio:
— Tenho medo de passar aqui de noite. Dá a impressão que tem gente morta.
— Gente morta?
— É. Sei lá. Este francês, ele já morreu?
— Tio Cirilo não sabe. Desapareceu e pronto. Pode ter morrido ou não.
— Pois é, Ivan, e tio Cirilo? Onde estará?
— Este farol vai servir para ele se orientar.

Chegaram ao andar superior. Ralfe os acompanhou até lá, tornou a descer, subiu de novo. O crepúsculo escurecia a terra. Ivan teve que trabalhar rapidamente, fixando o grande lampião com arame e barrinhas de ferro. Conseguiu armar a geringonça muito animado, como se aquilo fosse a salvação de todos. Acendeu um fósforo, tocou no pavio, viu a luz brilhar. Era a imagem da esperança. Tinha que dar certo.

Olhou para Lia. Ela o estava fitando. Sorriram.
— Mereço um prêmio?

Ralfe, que estava no primeiro andar, latiu forte e subiu correndo a escada até o último andar. Voltou e continuou a latir espantado.
— Quieto, Ralfe — gritou Ivan, enquanto o cão vinha roçar-se em suas pernas.

Ralfe foi até o patamar da escada. Estava inquieto. Lia soltou-se dos braços de Ivan, correu até onde estava o cachorro e olhou para baixo. Quase desfaleceu:
— Ivan, venha cá...

Não precisou chamar duas vezes. O menino já estava do lado, olhando como ela através do vão da escada para o pavimento térreo, onde duas formas gigantescas mexiam-se desajeitadamente. Já era quase noite e só um resto de luz, entrando pelo amplo arco do térreo, desenhava figuras monstruosas, e criava também fantasmagóricas sombras. Lia segurou a mão de Ivan. Ele também tremia de espanto e medo. Ralfe, do alto da escada, continuava suas bravatas, latindo furioso como se estivesse ralhando com os caranguejos. Esses pareciam ignorar completamente a presença do cão, e se arrastavam nas paredes

71

Lia e Ivan correram até Ralfe, que latia furiosamente.
Os dois quase desfaleceram de espanto e medo.

da torre, levantando as compridas pernas armadas de afiadas garras, na tentativa de subir a escada. Mexiam com as grandes e medonhas tesouras. No alto da carapaça, os olhos pedunculados exploravam o ambiente em todas as direções.

— Que vamos fazer? — murmurou Lia.

— Vamos tentar fugir... Eles se movimentam com dificuldade no espaço pequeno... Quem sabe a gente consegue sair devagarinho...

— Ralfe é que precisa calar a boca — e dirigindo-se ao cachorro —, cale a boca, Ralfe. Quieto!

Mas ele continuou a latir, tentando amedrontar os caranguejos lá embaixo. A menina insistiu. Segurou o cão. Ele estava por demais excitado. Escapuliu dos braços de Lia. Ivan comandou:

— Deixe ele aí. Vamos tentar, antes que fique completamente escuro.

— E se tiver mais caranguejos do lado de fora?

— Nós pulamos dentro da água. O mar é logo ali. É só a gente nadar para longe da arrebentação.

— E se eles forem atrás?

— Não vão. Caranguejo não nada.

— E siri?

— Ah, não sei, Lia. Vamos tentar. A gente não pode ficar aqui o tempo todo, se os caranguejos resolverem não sair daí. O pai pode vir nos buscar sem saber de nada...

— Não tenho coragem de passar junto desses bichos...

— Que jeito vamos dar? Quer esperar para ver se eles se cansam e vão embora?

— É melhor.

— Só que vai escurecer de vez e vamos ter de voltar no escuro. Cale a boca, Ralfe!

Lia teve uma ideia:

— Ralfe! Vamos mandar Ralfe para casa com uma mensagem. Tem lápis aí?

— Tenho. Será que ele vai?

— Tem que ir. Dê o lápis e um pedaço de papel.

Lia escreveu um bilhete às pressas, contando a situação deles no alto da torre. Segurou Ralfe, que continuava a protes-

tar contra a invasão dos caranguejos. Amarrou cuidadosamente o bilhete na coleira do cão. Soltou-o.
— Vamos, Ralfe, vamos, para casa, já.
Ivan ajudou:
— Para casa, Ralfe. Para casa, já. Vamos, Ralfe.
O cão permaneceu no patamar da escada, latindo para os caranguejos. Com o pé, Ivan o empurrou.
— Vamos, Ralfe, desce. Para casa, Ralfe, vai.
Empurrado degrau a degrau, o cão chegou ao primeiro andar, e postou-se no alto da escada, latindo agora mais de perto para os monstros, que não esboçavam qualquer reação. Ivan e Lia continuaram atiçando o cachorro:
— Para casa, Ralfe, vai. Para casa, já.
Um dos caranguejos levantou bruscamente a enorme tesoura, elevando-a quase à altura do primeiro andar. Ivan e Lia deram um pulo, assustados. Ralfe escapou e subiu correndo os dois degraus que havia descido. Refugiou-se num canto do pavimento, agora quase em escuridão. E não houve mais jeito. O cão recusou-se terminantemente a voltar para a escada; nem com bons modos, nem com ameaças. Melhor apanhar que ser triturado pelos caranguejos, teria pensado ele, se pensasse.
— E agora? — perguntou Lia.
— Vamos jogá-lo pela janela. Aí não tem escapatória e vai correndo para casa.
— Não dá, Ivan, é muito alto. Vai matar o pobre do Ralfe.
— Que nada, cachorro pula desta altura; até nós, se tentarmos. Vamos ver.
Foram até a janela. Era quase noite. Ivan e Lia olharam para baixo. Não era um primeiro andar comum — teria, no mínimo, cinco metros de altura:
— Olhe aí, Ivan, não dá para saltar. É muito alto. Nem mesmo o Ralfe. É capaz de morrer, ou quebrar uma perna.
— Seria bom se fosse um gato.
— Seria bom se a gente não estivesse aqui.
— Seria bom se a gente estivesse aqui, mas sem os caranguejos.
Lia sorriu, olhou Ivan e desviou o olhar para Ralfe que estava encolhido num canto, bem abaixo do mapa desenhado na parede.

Ivan lembrou:

— Vamos fazer sinais com a lanterna.

— Que sinais? — perguntou Lia.

— Sei lá, acendendo e apagando. Se o pai estiver olhando, vai entender que alguma coisa está acontecendo.

— E virá nos buscar. Ele não sabe que tem caranguejo à solta aqui na torre. É perigoso.

Diante da advertência de Lia, Ivan desistiu.

XIX
UMA IDEIA

Estavam encurralados.

Ivan viu que só tinham uma saída:

— Vamos tentar, Lia? Tem coragem?

— Como, Ivan?

— Vamos descer devagarinho sem espantar os bichos.

— Passar pelo meio deles?

— Que jeito?

Pegou a mão da menina, que estava tão fria quanto a dele. E trêmula. Ensaiaram passos na escada, devagarinho. Foram descendo, um a um, os degraus corroídos pelo tempo. Agora, tinham uma visão melhor do andar e, apesar das sombras que enchiam o térreo, podiam ver perfeitamente os animais em toda sua grandeza, as patas afiadas tentando subir pelas paredes, as tesouras imensas ameaçadoras no ar.

— Não, Ivan, não. Não vou — apavorada, a menina tornou a subir correndo os degraus. Ivan acompanhou-a. Também ele não estava muito seguro de que teriam êxito.

E, confirmando isto, um dos caranguejos elevou-se desastradamente na escada, ficando ainda maior, a ponta da tesoura quase roçando o teto. Espremida em um canto, Lia olhava fixamente para os dois animais. A seu lado, Ivan tentava disfarçar a tremedeira que lhe invadia o corpo. E nem falar direito podiam.

Já era noite. O lampião lá em cima espalhava uma débil claridade no primeiro andar e Ivan teve uma ideia.

— Me ajude, Lia. Vamos subir.

— O que vai fazer?

Em rápidas e entrecortadas palavras, ele explicou seu plano. Nervosamente ambos começaram a trabalhar.

Ivan apagou o lampião.

XX
A VOLTA

O farol à distância era apenas uma sombra escura contra o crepúsculo. Débora tinha os olhos fitos na cena, quando murmurou:

— Eu não devia ter deixado os dois meninos irem sozinhos.

Róbson quis ajudar:

— Não aconteceu nada. Talvez o próprio vento tenha apagado o lampião.

— A gente não...

Parou a frase no meio. Um barulho nos degraus da entrada da varanda fez todos se voltarem. Leda escorregou do colo de Débora e correu gritando:

— Tio Cirilo, tio Cirilo...

E era ele quem realmente chegava, vivo e são. A menina parou a meio caminho antes de abraçar o tio, amedrontada pela figura de outro homem que subia a escada juntamente com Cirilo. Era alto, forte, a barba e os cabelos bem grisalhos e compridos, dando-lhe um aspecto estranho. Vinha logo atrás de Cirilo. Este abaixou-se para abraçar Leda, apresentando o companheiro:

— Jean Clautel, de quem já lhes falei. E você, Leda, como vai, minha menininha? Sentiu falta do tio?

Ela refugiou-se nos braços de Cirilo com os olhos fixos no outro homem. Cirilo notou que a menina estava assustada. Brincou:

— Vá abraçar meu amigo, Leda. Ele é feio mas não morde.

Em resposta, ela pendurou-se mais no pescoço de Cirilo. Este gemeu:

— Ai, aí me dói. O ferimento ainda não está bom.

Clautel avançou para dentro da sala, cumprimentando Róbson e Débora, enquanto Cirilo os apresentava. Débora abraçou o irmão emocionada:

— O que aconteceu, Cirilo? Você nos deu um grande susto.

— O Clautel foi o culpado. Pergunte a ele.

Antes que o francês dissesse alguma coisa, Cirilo indagava:

— Onde estão Lia e Ivan?

Róbson respondeu:

— Ideia do Ivan, Cirilo. Foram fazer da torre do Pirata um farol. Levaram aquele lampião grande a querosene para colocar no alto. Daqui nós ficamos observando e realmente a luz brilhou lá em cima. Ficou melhor do que pensei...

Cirilo olhou para o lado onde ficava a torre do Pirata. Estava tudo escuro:

— Mas...

— Pois é. Não sei o que houve, pois a luz apagou pouco antes de vocês chegarem.

— Talvez o vento.

— É. Pode ser. Mas o que aconteceu com você?

— Por que não veio antes ou ao menos deu um sinal? — cobrou Débora.

— O Clautel pode contar melhor do que eu.

O francês tomou a palavra:

— A *madame* me perdoe, mas preciso contar a história desde o começo, o que faço... Cirilo deve ter dito que eu estudo caranguejos e esta ilha é um paraíso para eles. Resolvi passar uns tempos aqui, enquanto fazia algumas experiências que tinha planejado. Ora, uma delas era o estudo... O que foi aquilo?

Jean Clautel olhava casualmente pela janela para os lados da torre do Pirata, quando soltou a exclamação. Todos se viraram a ponto de ainda verem um resto de explosão de luz na torre, seguida de uma luz débil vinda do térreo.

— Pareceu uma explosão.

— Será que o lampião explodiu?

— Mas estava apagado? Vamos lá ver — chamou Róbson, levantando-se.

XXI
A EXPLOSÃO

Pouco antes, na torre. Ralfe começara a ladrar. Lá embaixo, os monstros moviam-se, arranhando as paredes de pedra. No escuro, o trabalho era mais difícil. Os meninos estavam desfazendo os inúmeros nós de arame que haviam feito há pouco para prender o lampião. Se antes Ivan se esmerara em tornar o aparelho bem seguro, reclamava agora do excesso de nós e amarrações que tinham dado para segurá-lo.

Finalmente o lampião estava solto. Ivan tornou a acendê-lo. Ralfe saudou a chegada da luz com mais alguns latidos.

— É bom segurar o Ralfe, Lia, senão ele pode se machucar.
— Cuidado, Ivan — pediu a menina.

Ivan, com o lampião aceso, desceu até o primeiro andar, olhou o térreo. Os dois caranguejos mexiam-se, os olhos refletindo a luz do lampião. O menino estava decidido. Deu apenas um grito:

— É agora, Lia. Segure o Ralfe.

Ergueu o lampião acima da cabeça e, pelo vão da escada, atirou-o com força na carapaça de um dos caranguejos. Foi uma tremenda explosão. As paredes de pedra tremeram, labaredas subiram do térreo, lamberam o patamar do andar superior. Ivan, de um salto, protegeu-se longe da escada. No andar de cima, Ralfe livrou-se das mãos de Lia, mas não desceu.

No térreo, os caranguejos envolvidos pelas chamas do querosene que se espalhara por todos os cantos, assustados, desnorteados, bateram-se enlouquecidos nas paredes de pedra, tentaram subir a escada tomada pelo fogo e voltaram atrás. Uns restos de lenha, madeira seca, gravetos que existiam no térreo, começaram a pegar fogo também.

Logo depois, um deles encontrou o grande arco de saída e precipitou-se para fora da torre, seguido pelo outro.

Ivan subira o lance de escada até o segundo andar e, juntamente com Lia, viu os dois monstros com as carapaças em chamas, riscando a noite, correndo desesperados pelo cabo das Tormentas em direção ao interior da ilha.

Do térreo, subia uma fumaça negra e um bafo quente da madeira que pegava fogo. Ivan chamou:

— Vamos sair, Lia, antes que tudo se incendeie.

Seguidos por Ralfe, desceram ao primeiro andar. Dali viram que no térreo havia mais fumaça do que fogo. Não foi difícil alcançarem a porta de saída, o largo arco por onde o vento penetrava avivando as chamas e empurrando a fumaça para o alto. Uma corrida pelos degraus da escada de pedra e se encontraram do lado de fora, no meio da noite estrelada.

A sensação de liberdade, de vida, durou só um instante.

— E se os caranguejos estiverem por perto?
— Eles correram para longe. Você não viu?
— Será que não existem outros?
— Vamos correr bem junto do mar. Qualquer coisa, a gente cai dentro da água.

Desceram até o limite onde o mar vinha rebentar-se nas pedras do cabo das Tormentas. Continuaram margeando a baía em passos apressados, quase correndo. A noite já estava escura.

As pedras do cabo começaram a se tornar mais lisas, e mais adiante começava a aparecer a areia da praia dos Caranguejos. Dali via-se a casa com as janelas iluminadas.

Ivan levantou a cabeça e olhou a mata ao fundo da praia:

— Olhe lá, Lia, o que é aquilo?

A menina olhou. Línguas vermelhas de fogo riscavam a noite, clareavam a mata em vários lugares.

— A mata está pegando fogo.
— Foram os caranguejos que levaram as chamas. Vamos correr para casa.

E seguiram no caminho mais suave da praia, olhando de vez em quando para trás. O fogo, como um rastilho de pólvora, pegava nas folhas secas, ia para os galhos caídos e subia em labaredas cada vez mais vivas e maiores. Era a mata que se incendiava.

XXII
O FOGO

Jean Clautel ia à frente e foi o primeiro a notar:
— Olha lá, *monsieur*, parece que estão atiçando fogo na mata.

Róbson olhou para onde ele apontava e viu, lá no outro extremo da praia, na mata ao pé do cabo das Tormentas, pequeninos focos de luz vermelha que se multiplicavam, cresciam, apareciam em outros lugares e subiam da terra ameaçando os arbustos.
— O que pode ser aquilo? Vamos lá depressa.

E começaram a correr na praia quando enxergaram, à pequena distância, os vultos de Ivan e Lia que também vinham correndo em sentido contrário:
— Ivan, Lia! O que é aquilo?
— A mata está pegando fogo, pai. Havia caranguejos gigantes lá na torre, nós jogamos o lampião aceso em cima deles, eles saíram correndo com os corpos pegando fogo, devem ter morrido na mata e incendiado as folhas secas.
— Caranguejos lá? — perguntou Jean Clautel.
— Dois. Gigantes.

Foi então que Róbson lembrou-se de apresentar o francês. Depois chamou:

— Vamos ver a mata mais de perto. Se o fogo alastra-se, vai toda a floresta.

À medida que se aproximavam, as chamas cresciam. As labaredas, alimentadas pela folhagem seca do chão, tomavam corpo, lambiam os arbustos e subiam pelas árvores. O fogo aparecera em lugares diferentes quase ao mesmo tempo, e os primeiros focos de incêndio uniam-se e se realimentavam, formando clareiras rubras.

Róbson, Clautel, Ivan e Lia não precisaram chegar muito perto para sentir a imensidão da tragédia e quão impotentes sentiam-se para deter o fogo que ameaçava pegar em toda a mata.

As labaredas subiam e alcançavam as árvores, transformando-as em tochas que passavam as chamas para as vizinhas. Era como uma doença ruim que ia tomando conta da mata e a destruindo.

Não adiantava ficar ali contemplando o fogo, o jeito era voltar e procurar um modo de debelar o incêndio. Como? Que meios possuíam para apagar o fogo da mata, com o vento constantemente soprando e espalhando as labaredas?

— Só há um meio — lembrou Clautel — de impedir que o fogo se propague por toda a mata.

— Como?

— Isolando. Derrubando uma parte onde ela for mais estreita, ou menos densa, e impedindo que as chamas passem de uma árvore para outra. — E ele continuou: — Tem um lugar onde ela é bem rala, com grandes clareiras e é lá que nós vamos trabalhar.

Voltaram para casa. Débora, Leda e Cirilo abraçaram Ivan e Lia com carinho. Ralfe fez festa ao ver Cirilo.

De casa, podiam avistar a mata em chamas. As labaredas agora eram altas e, vez por outra, viam-se árvores inteiras despencarem com os troncos carbonizados. O solo pedregoso da ilha não permitia uma floresta fechada com grandes árvores, mas aquelas que existiam eram preciosas, mesmo de pequeno porte e separadas umas das outras. O vento soprando constantemente atiçava as chamas e levava o fogo adiante. Se ele continuasse, iria chegar até bem próximo à casa.

Róbson apanhou um machado, deu outro a Clautel e, acompanhados de Ivan, seguiram para dividir a mata em duas.

Era preciso trabalhar rápido, derrubando árvores para abrir clareiras, pois o fogo se alastrava com fúria.

Cirilo, com o corte ainda inflamado, era incapaz de fazer um esforço maior.

E até altas horas da noite, eles se revezaram no trabalho de derrubar árvores e limpar o chão, abrindo clareiras de modo que o fogo não pudesse ultrapassá-las.

O incêndio finalmente estava restrito a uma pequena parte da mata.

XXIII
A REVELAÇÃO

Cansados, Róbson, Ivan e Clautel voltaram à casa, onde se reuniram na sala para bater papo. Débora fez um café forte, e, apesar de ser alta madrugada, ninguém, nem a pequenina Lèda, quis ir para a cama antes de ouvir a história de Cirilo e do aventureiro Clautel.

Cirilo tomou a palavra:

— O Clautel ia contando sua história, quando a explosão lá da torre o interrompeu.

Ivan reclamou:

— Eu não estava presente. Como foi que você encontrou o senhor Clautel aqui na ilha? Não estou entendendo.

Róbson esclareceu:

— Nem você, nem ninguém. Ele ainda não começou.

— Pois deixe-me começar — pediu o francês. Quando vocês chegaram aqui na ilha, eu já estava. Há anos. Só que ninguém sabia. Moro, ou morava, numa caverna que atravessa a ilha, até que vocês me expulsaram de lá.

— Nós o expulsamos? — estranhou Róbson.

— Não só me expulsaram, como destruíram um trabalho de longo tempo.

— Como? Não estou entendendo.

— A caverna onde eu morava estendia-se de um lado a outro da ilha. Ela tem uma entrada abaixo do nível da maré alta do lado de cá, e uma saída na outra extremidade.
— Abaixo do nível da maré? — perguntou Ivan.
— É. A gente só entra nela na maré baixa ou, então, mergulhando. Nela, havia um grande salão completamente seco onde eu fiz meu laboratório e minha casa, pois tinha claridade bastante, que vinha de uma grande abertura no alto. Era uma abóbada de pedra incompleta. Não sei como vocês não a descobriram, andando tanto pela ilha.
— É que andamos poucas vezes do outro lado — justificou-se Cirilo.
— Certo dia eu estava lá em "casa" quando, de repente, buuum, uma explosão quase leva a ilha pelos ares. Sabem o que aconteceu? Vocês arrebentaram uma parede frágil da caverna, abrindo uma fenda por onde penetrou o mar, acabando com minha alegria.
— Nós não sabíamos — começou a justificar-se Róbson.
— Não precisa se desculpar. Vocês não sabiam nem podiam saber.
— E como o senhor viveu este tempo todo sozinho dentro da caverna? — quis saber Ivan.
— Claro que não ficava o tempo todo dentro da caverna. Ficava mais andando na ilha, fazendo estudos.
— Mas este tempo todo sem ver ninguém, sem nada? — a pergunta foi de Lia.

— Não precisamos de muita coisa para viver, menina. A civilização é que criou necessidades para a gente. Hoje ninguém consegue viver sem carro, geladeira, televisão, rádio, um mundo de aparelhos eletrônicos, porém, antes deles existirem, todo mundo vivia.

— Não se tinha o conforto de hoje.

— Claro, concordo, mas eles não são imprescindíveis à vida. A gente pode ter outros interesses. Além disso, se quisesse ir ao continente, eu iria.

— Como?

— Tenho um barco, ou melhor, tinha. Com a invasão da água, ele foi jogado para o fundo, está arrebentado.

— O que o senhor fazia aqui? — perguntou Débora.

— Cirilo deve ter contado a vocês que sou naturalista, e estava estudando a fauna aqui da ilha quando tive uma ideia. Os caranguejos são animais fortemente protegidos pela natureza. Têm uma carapaça de grande dureza e armas de ataque e defesa, as pinças, bem eficientes. Seus olhos, pedunculados, veem todos os cantos ao mesmo tempo. No entanto, eles têm um período da vida, ou vários, em que se tornam presas fáceis de outros animais. É a época da muda.

— Da muda? — perguntou Ivan.

— Sim. O corpo dos caranguejos, como dos outros crustáceos, é coberto por uma camada de material sólido, duro, que não aumenta de tamanho. Para o caranguejo crescer, perde a carapaça, seu corpo fica mole durante algum tempo, enquanto ele cresce e forma outra carapaça sólida. Por meio de substâncias químicas, que já vinha estudando há muito tempo, consegui atrasar a formação da carapaça sólida, ao mesmo tempo que excitava o crescimento contínuo do animal. Eles iam ficando cada vez maiores, até ganhar nova carapaça. Desse modo, acabei criando monstros!

O espanto foi geral:

— Então você é o "pai dos caranguejos"? — perguntou Róbson.

— Cirilo me contou que eles andaram fazendo travessuras...

Débora interrompeu:

— Travessuras, não. Atacando a gente.

— Peço desculpas, *madame*, se é que adianta alguma coisa. Mas eles estavam confinados no lado de lá. Eu não sabia que iam abrir a passagem.

Róbson disse brincando:

— Estamos quites, Clautel. Nós acabamos com sua casa e sossego, e você nos jogou os caranguejos em cima.

— O que o senhor vai fazer com os caranguejos? — quis saber Débora.

— Existem muitos? — perguntou Róbson.

— Não. Em verdade, a experiência foi frustrada. A gente não deve interferir, querer endireitar a natureza. Eu não criei gerações de caranguejos gigantes. Apenas consegui que alguns atingissem estas proporções gigantescas que vocês viram. Alimentar um bicho daquele tamanho, porém, não é brincadeira. E eles começaram a atacar as aves, os ninhos, quase acabam com elas aqui na ilha.

— Eu notei a quantidade muito grande de carcaças de aves no outro lado — revelou Cirilo.

— Pois é. Quando vocês chegaram, eu já estava acabando com a raça dos tais caranguejos. Vi quando vocês desembarcaram na ilha. Pensei que vinham apenas passear. Não reconheci o Cirilo. Nunca podia esperar que abrissem um caminho para o outro lado e metessem o nariz na minha experiência.

— Nem eu que levasse uma dentada de caranguejo — brincou Cirilo.

— Gigantes mesmo, eu tinha conseguido fazer seis exemplares, dos quais restavam quatro quando vocês chegaram.
— Só? — admirou-se Ivan.
— Só.
Lia interferiu:
— O senhor diz que ainda existiam quatro caranguejos?
— Sim. Tenho certeza.
Ivan contou:
— Um meu pai matou, dois devem ter morrido queimados no incêndio da floresta, e o outro...
— Ainda falta um — confirmou Lia. — O primeiro, no qual tio Róbson atirou naquela noite da chuva, ninguém sabe se morreu.
Clautel confirmou:
— Pode existir ainda algum solto na ilha.
Débora interferiu:
— Mas nós não vamos procurá-lo. Agora, temos que ir embora. Falta explicar ainda o desaparecimento de Cirilo.
Clautel tomou a palavra:
— Quando Róbson matou o caranguejo com um tiro, eu ouvi a explosão e saí da caverna para ver o que tinha acontecido. Eu não gostaria de ser visto por vocês, por isso fiquei escondido entre as pedras. Vi Róbson e o cão saírem e, quando cheguei ao local, deparei com Cirilo desacordado dentro de uma gruta.
— Desacordado? — estranhou Róbson. — Mas eu deixei...
— Pois é — confirmou Cirilo —, eu estava me sentindo muito mal naquele momento, e logo depois que você saiu eu vi tudo escuro. Quando acordei, estava dentro de uma caverna com este barbudo — apontou para Clautel — ao meu lado. Embora não tivesse morrido do ferimento, quase morri de susto...
Foi uma gargalhada geral.
Clautel continuou:
— Pois eu é que quase morro de susto ao ver Cirilo naquela gruta. Peguei-o e levei-o para dentro da caverna. Estava desacordado e ardendo em febre. O corte na base do pescoço completamente inflamado. Peço desculpas, novamente, por não ter deixado um aviso. Foi realmente uma falha imperdoável.

Ivan lembrou:

— Mas na noite daquele dia eu vi uma luz no alto do espigão. Pensei que fosse o tio Cirilo.

— Era eu, procurando algumas ervas que existem na mata para fazer curativo. O Cirilo esteve muito mal.

— O Clautel salvou-me a vida — confirmou Cirilo.

— Não diga isso.

Lia lembrou-se de algo:

— E aquele mapa na parede da torre, para que servia?

— Foi feito há muito tempo. Apenas servia para minha orientação, pois era um lugar grande para desenhá-lo e eu ia sempre à torre, naquela época.

Leda estava também fazendo parte do grupo e calada até este momento. Quando falou, foi apenas para lembrar.

— Ainda falta matar um caranguejo.

XXIV
MANHÃ

Apesar de ainda haver um caranguejo à solta, a noite foi de completa tranquilidade. Acabada a longa conversa com Jean Clautel, já todos cabeceavam de sono.

Lia foi quem acordou primeiro. Todas as emoções do dia anterior fizeram-na dormir mal, apesar do cansaço. Levantou-se, foi até a varanda, deu um grito:

— Um barco, gente, um barco... Acordem! Tia Débora, tio Róbson, um barco, Ivan, acorde!

89

O barulho que ela fez foi tão grande que era impossível alguém continuar dormindo. Todos se precipitaram para a varanda, e na manhã que nascia viram um barco, uma escuna de velas brancas, aproximando-se vagarosamente da entrada da baía das Gaivotas.

Para o sul, o incêndio continuava a destruir a mata, e, se o vermelho das labaredas era atenuado pela claridade do sol, uma imensa coluna de fumaça enegrecia o céu. Na sequência, eles iam saber que fora esta negra coluna de fumaça que atraíra a escuna para a ilha. De longe, o capitão avistara aquele imenso penacho de fumo e se aproximara para averiguar.

Sair de casa, correr à praia e fazer sinais, foi questão de instantes. Logo, viram o barco aprumar diretamente para a baía e penetrar nas águas tranquilas.

Era a salvação!

Nas explicações ao capitão do barco, de repente, Clautel lembrou-se de algo. Dirigiu-se a Ivan:

— Ah, sim, Ivan. Ia me esquecendo. Recebi suas mensagens, só que não pude atendê-lo.

— Minhas mensagens? — perguntou o menino.

— Sim. Você não enviou pedidos de socorro dentro de garrafas jogadas ao mar? Pois elas vieram parar dentro da caverna.

Ivan lembrou-se do dia em que vira a vela de um barco dirigindo-se para a ilha e depois desaparecendo.

XXV
O ÚLTIMO

Velas soltas ao vento, a escuna deixou a baía das Gaivotas e aprumou para o norte, deixando a ilha da Cacaia a estibordo, contornando-a a distância.

Debruçados na amurada, Ivan e Lia contemplavam, cada vez mais distante, a torre do Pirata, o espigão central, a Pedra Grande como um mastro plantada no centro da ilha. Não eram mais simples primos distantes, bem mais do que isso, eram namorados. Naquela velha torre da ilha perdida, tinham sentido no beijo o gosto da eternidade.

A viagem de volta era diferente. Para Ivan, não importava que todos reconhecessem sua coragem e determinação em jogar o lampião sobre os caranguejos, resultando na salvação de todos. Importavam, sim, os olhos mágicos de Lia cravados nos seus, os finos cabelos que o vento teimava em jogar no rosto, o beijo roubado que em um momento conseguiu dar, enquanto os outros passageiros contemplavam os últimos sinais da ilha sumindo no oceano.

E agora, era só céu e mar. O oceano sem fim, o céu sem limites.

Ou quase, pois, depois de algumas horas, a terra cortou o horizonte interrompendo o céu, limitando o mar. Aves marinhas vieram saudar a escuna que chegava.

No cais, garotos vendiam jornais, anunciando aos brados:
— *Caranguejos gigantes no barco abandonado!* Extra, extra!

Róbson chamou um menino, comprou o jornal. Leu para todos ouvirem:

Caranguejos gigantes no barco abandonado!

Num iate de passeio, caranguejo gigante é o único passageiro. Pescador quase morre afogado de susto e medo.

"Parece até 'causo' de pescador, mas conta o sr. José Amaral, proprietário do barco de pesca Maria Luísa, que, no dia quatro do corrente, ele se dirigia à ilha da Cacaia, e estava bem próximo a ela quando viu um barço à deriva no meio do oceano.

Aproximou-se e descobriu que era um iate de passeio com o mastro quebrado, cordoalha embaraçada, velas frouxas, caídas, semimergulhadas na água. Como na noite anterior a região fora varrida por um forte temporal, poderia dar socorro a possíveis náufragos.

Qual não foi sua surpresa quando saiu de dentro do iate, segundo suas próprias palavras, 'um caranguejão do tamanho de um elefante. Cada tesoura enorme! Parece mentira, mas pode acreditar, pela luz de meus olhos. Nunca vi um negócio daqueles. Um monstro vindo do fundo do mar. A gente não sabe o que tem lá embaixo'.

Pois o sr. José Amaral não quis mais saber do iate nem do caranguejo. Virou o leme e deixou o barco com o seu estranho personagem no meio do mar, para assustar outros pescadores desprevenidos.

O fato foi confirmado por outros tripulantes do Maria Luísa. Todos afirmaram terem visto o monstruoso crustáceo passeando num luxuoso iate. Se a moda pega...

Mais um 'causo' de pescador?

O fato não passaria de mais um pitoresco 'causo' de pescador, se o referido iate, denominado Vencemar, não tivesse sido encontrado na praia de Piriaçu, jogado contra os rochedos que se encontram ao largo.

— Nossa história está todinha aqui no jornal — disse Róbson —, e ainda bem que estamos vivos para poder lê-la, não é?

A equipe técnica que o examinou, apesar de não ter encontrado caranguejo algum, nem mesmo um simples e modesto siri, constatou, entretanto, que todo o madeirame, especialmente o da cabine, estava marcado, arranhado, como se alguém tivesse passado com insistência, e propositalmente, um objeto pontudo. Em alguns lugares, havia inclusive marcas profundas na madeira a distâncias regulares, como se alguém tivesse usado uma tenaz de grandes dimensões.

O iate foi rebocado até a capitania dos Portos, onde será examinado com mais rigor.

Os maiores caranguejos

Procurado por nossa reportagem, o professor Gladstone Rodrigues, do Instituto Biológico, afirmou que não existem caranguejos como os descritos. Os pescadores devem ter se assustado com outra coisa. 'O nosso folclore está cheio de animais fantásticos', completou o professor. E disse mais, que o maior crustáceo existente é a chamada aranha-do-mar, longe de possuir as proporções descritas pelos pescadores, além de ser animal de grandes profundidades, não ocorrendo nas costas brasileiras.

De quem era o iate?

O iate, identificado como Vencemar, é de propriedade do sr. Róbson de Almeida que, segundo a capitania dos Portos, tinha viagem autorizada para a ilha da Cacaia, justamente o local onde os pescadores encontraram o Vencemar à deriva.

Ao terminarmos a redação destas notas, a capitania dos Portos estava providenciando o resgate do sr. Róbson de Almeida e família da ilha da Cacaia, onde possivelmente estão em dificuldades."

— Já não estamos mais — disse Róbson ao terminar a leitura. — Vamos à capitania esclarecer o assunto.

— E contar que o caranguejo não era 'causo' de pescador — disse Cirilo, rindo —, e que a culpa é do Clautel.

— Pois é, sem querer acabei criando uma mentira verdadeira — respondeu o francês sorrindo.

Nota

As informações científicas, neste livro,
são reais, inclusive o fenômeno da muda.
A partir disso, o autor usou de sua imaginação
para fantasiar, criando animais de proporções
agigantadas, que, naturalmente, não existem.